江苏省高校优势学科建设工程三期项目

苏格兰文学经典导读　主　编　吕洪灵

Muriel Spark's The Prime of Miss Jean Brodie

小说大师穆丽尔·斯帕克

[英]大卫·S.罗布 著　汪　凯 译

南京大学出版社

苏格兰文学经典导读编委会

总主编 吕洪灵
顾问 张剑　　John Blair Corbett

编委会(字母顺序排列)
何宁　李正栓　王岚　王卫新　杨靖　姚君伟

Ian Brown
Gerard Carruthers
Sarah M. Dunnigan
David Goldie
Ronnie Renton
Carla Sassi

序

2018年10月31日,为筹备在南京召开的苏格兰文学研讨会设置的会议邮箱里收到了一封信,正是这封信开启了本套书的策划与翻译工作。来信者是时任苏格兰文学研究会(ASLS)副会长的科比特(John Blair Corbett)教授,他在信中表达了在中国推介苏格兰文学的热情,并询问是否有可能合作在中国翻译出版该研究会编辑出版的《苏格兰文学笔记》(Scotnotes)系列。在国内编译出版一套以"苏格兰文学"冠名的丛书?这可是一个令人忐忑的提议。

说起《哈利·波特》系列、《金银岛》、罗伯特·彭斯的诗歌等作品,国内读者无论老幼可能都会有所了解,甚至对其中一些耳熟能详;说起苏格兰,大家也会自然想到它峻美的高地、昂扬的风笛和别致的格子裙,当然还有近年来沸沸扬扬的独立公投等政治历史事件,但要说起苏格兰文学,人们则不免要发出疑问:面积不足8万平方公里的苏格兰有自己的文学吗,它不就是英国文学吗? T.S.艾略特在1919年还以"有过苏格兰文学吗"为题写过评论,令人更加怀疑苏格兰文学单独存在的合法性。质疑依然存在着,但人们也渐渐看到,文学成就未必与地域面积形成正比关系;苏格兰文学自带传统和历史感,也并不完全等同于英国文学。沃尔特·司各特、罗伯特·彭斯和托比亚斯·斯摩莱特等等为众人熟知的作家的苏格兰身份和写作的苏格兰属性日渐得到研究者的关注,现当代苏格兰作家穆丽尔·斯帕克、埃德温·摩根、詹尼斯·加洛韦的创作也是风生水起、引人瞩目,这些都加强了苏格兰文学的整体影响力,而苏格兰文学研究的学科建设也在二十世纪六十年代在格拉斯哥大学始见端倪。

苏格兰文学以其独特的文学文化特性在国际上日益受到关注和重视,在我国,它作为单独的文学现象近年来也开始受到研究者的重视,南京师范大学为此还建立了苏格兰研究中心以推动相关研究。但是,"苏格兰文学"仍然属于小众化和边缘化的概念,在出版市场上尚未受到广泛的认可和推广。因此,刚看到这封邮件时,我们有些犹豫,但同时也感到仅仅在学术圈内发表文章探讨苏格兰文学影响有限,有必要向更多的读者们推介相关的作品和研究成果,为研究者提供基础性的研究文献,如此,翻译推介苏格兰文学研究会出版的《苏格兰文学笔记》丛书也许就是个很好的开端。这是一项开创性的工作,如果成功,它将会是国内首套译介苏格兰文学评论的丛书。果然万事开头难,我们与出版社的联系远非一蹴而就,在几近放弃时,南京大学出版社伸出了合作的橄榄枝,由此自 2018 年 12 月底正式开始了三方合作翻译出版该丛书的工作,并组建了由中外苏格兰文学研究学者构成的编辑委员会。

原丛书的出版者苏格兰文学研究会"以促进研究、教授和创作苏格兰文学,深入研究苏格兰语言为宗旨",《苏格兰文学笔记》正是基于这一宗旨而编写发行的导读性丛书。该丛书从首册出版至 2019 年 4 月,已经有 39 册面世,涉及的作家作品跨越不同的时期,代表了苏格兰文学在相应时期的成就。这些作家作品是对苏格兰文学传统继承或创新的典范,其中有闻名遐迩的大作家也有当代的文学新锐。在策划编译的过程中,为了增进国内读者对苏格兰文学的熟悉感和亲切感,我们从已有的《苏格兰文学笔记》中精选了五册,其内容皆与苏格兰经典作家和文学样式相关:罗伯特·路易斯·史蒂文森、罗伯特·彭斯、穆丽尔·斯帕克、埃德温·摩根,以及苏格兰民谣,为此这五册书也获得了一个新的丛书名称:《苏格兰文学经典导读》。也许仅仅五册令人感觉难以反映苏格兰文学全貌,不过,这五册选篇的时间跨度较大,从古至今的苏格兰文学创作在其中皆有代表,兼具了历史感与时代感。《苏格兰民谣》引介的是苏格兰民族传统的文学形式,其源头可以追溯到中世纪,流传至今经久不息;彭斯代表了十八世纪的苏格兰文学,史蒂文森则为十九世纪的文学名家,埃德温·摩根和穆丽尔·斯帕克更成为现当代苏格兰文学的翘楚。该丛书并不仅对导读的对象进行基础性的介绍,而且基于苏格兰文学的发展,评析相关作品和文学现象,有着各自的批评视角和研究观点。

五册导读章目简明清晰,内容深入浅出。它们根据研讨对象的时代背景和创作个性,既进行微观的作家作品简述,也展开宏观的历史文化背景梳理,既有剥丝抽茧的作品个案分析,也有高屋建瓴的创造性纵论,突出了导读对象在文学史上的地位及其创作成果的文艺美学价值。它们评介的视角关注作家作品的苏格兰性,将他们当作苏格兰文学不可或缺的一部分进行阐释与评述,同时也细致地论述了作品的特色与生命力所在,揭示他们对人性及社会的普遍关注,很好地展示出苏格兰文学的艺术性和人文关怀,为我们了解苏格兰文学的传统与发展、认知苏格兰文学的文学性、社会性和国际性提供了很有价值的参考。

《苏格兰文学经典导读》的原作皆由教学经验丰富的苏格兰文学研究专家执笔,他们的评述通俗易懂又富有学术含量。本译丛的译者也皆为高校教师,在文学研究及翻译实践方面经验丰富。值得一提的是,丛书内容的一个特色增加了翻译的难度——文学作品中的苏格兰方言。为确保翻译的准确性,译者们在翻译过程中或向专家求教或细读字典辨析语义,于仔细推敲中运思译文,并补充了大量知识性注释,相信译者的努力会使得这套导读更加具有研究性与可读性。

为译丛开启契机的学术研讨会因为突发的新冠疫情延期了,而译丛最终得以付梓,实属不易,需要特别感谢各方面的支持:感谢英国苏格兰文学研究会免费提供五册导读的版权,感谢南京师范大学外国语学院赞助出版经费,尤其感谢南京大学出版社董颖女士,她不仅从始至终参与译丛的策划,在联系融通合作各方促进译丛顺利付梓方面也付出了很多的辛劳。特别是在疫情暴发阶段,她和她的同仁也没有放松该译丛的编审工作。最后,也要感谢此时手捧此书的您,《苏格兰文学经典导读》的编译团队感谢您的阅读,也期待着您的指正。

吕洪灵

2020 年夏于南京

目 录

版本说明 …………………………………… 1

穆丽尔·斯帕克及其小说作品 …………… 1

  斯帕克与苏格兰 …………………………… 1

  斯帕克的小说创作类别 …………………… 5

  斯帕克生平掠影 …………………………… 6

  斯帕克其他小说一瞥 ……………………… 8

小说中的叙事 …………………………… 13

  如何讲述故事 …………………………… 13

  小说如何展开叙述各个事件 …………… 19

  故事叙述方面的妥协 …………………… 22

  "现在"是何时？ ………………………… 23

小说及其所处的年代 ······ 32

二十世纪三十年代 ······ 32

两次世界大战之间 ······ 34

二十世纪三十年代的生活 ······ 37

简·布罗迪和法西斯主义 ······ 39

简·布罗迪和希特勒 ······ 46

小说中的宗教 ······ 51

桑迪的皈依 ······ 51

简·布罗迪:事出有因的罪人 ······ 58

桑迪与天主教 ······ 64

简·布罗迪简评 ······ 69

我们该如何来看待她? ······ 69

书中其他人物如何看待她? ······ 73

新旧布罗迪帮 ······ 78

也许可以求助于作者? ······ 82

桑迪·斯特兰杰和布罗迪帮 ······ 88

两位女主人公?——简·布罗迪和桑迪 ······ 88

布罗迪帮的世界 ······ 95

桑迪·斯特兰杰的奇怪之处 ······ 99

目录

白日梦、故事和真相 ……………………………… 103
  想象我们周围的世界 …………………………… 103
  编故事和讲故事 ………………………………… 108
  相信想象是否安全无虞? ………………………… 114

精选参考书目 ………………………………………… 119

译后记 ………………………………………………… 122

版本说明

本书研究的参考对象为企鹅出版社于1965年首次出版的小说版本。

穆丽尔·斯帕克及其小说作品

斯帕克与苏格兰

在同时代的苏格兰作家当中,穆丽尔·斯帕克(Muriel Spark)也许是最负国际声誉的一位。当然,这在很大程度上要归功于她在写作方面的卓越性和独创性。但是,她成年后离开了苏格兰,这一经历对其文学创作也是贡献良多。六十年代期间,当其文学声誉鼎盛之时,她曾广泛涉足多个艺术领域:文学、电影等等,她也因此在诸多艺术之都,如伦敦、纽约、罗马等城市安家落户。

就其作品的创作主题和内容而言,她似乎背弃了自己的祖国苏格兰——例如她在《布罗迪小姐的青春》(The Prime of Miss Jean Brodie)一书中,仅凭记忆来重塑苏格兰。她的其他小说也几乎都没有以苏格兰为背景,其中也没有塑造任何突出的苏格兰人物。在1960年(《布罗迪小姐的青春》出版前一年)出版的《佩卡姆·赖伊的民谣》(The Ballad of Peckham Rye)中,她塑造了一位苏格兰的主人公,但是正如标题所示,小说是以伦敦南部的佩卡姆为背景。而其近作《学术会议》(Symposium)则大部分以圣安德鲁斯为背景。这便是问题所在,我们是否真的应该把她看作苏格兰作家,还有待商榷。即便是其代表作《布罗迪小姐的青春》也并非在苏格兰出版,而是刊载于《纽约客》这本美国杂志上。

但是,情况并非如此简单,因为穆丽尔·斯帕克的作品明显地带有一种强烈的苏格兰起源。其代表作《布罗迪小姐的青春》对爱丁堡及其周边地区的地理特征描写得细致入微且令人信服,并且(更重要的是)对该市所特有的语言习惯和市民的精神世界也有深刻的展现。由是观之,仅从该书便可看出她与这座城市有着千丝万缕的联系。此外,对于熟读苏格兰文学作品的读者而言,他们很容易就能从其作品中发现一些苏格兰早期作家的痕迹。在这位流放作家的身上,我们也不难找到罗伯特·路易斯·史蒂文森(Robert Louis Stevenson)、詹姆斯·霍格(James Hogg)和边境民谣等诸多印记。

另外,斯帕克的苏格兰性也能从她职业生涯的不同时期发表的文章和采访中得到印证。在一篇题为《意象的反馈》的短文中,她谈及自己曾在爱丁堡停留数周,陪伴患病的父亲度过人生的最后时光。在该文中,她将自己描述成一个"形式的流放者",并且明确表示她不可能在爱丁堡生活:"我不奢望能被这里理解。"然而,在爱丁堡停留期间,她住在一间"的确是给外乡人居住的"旅馆里,这对她而言显然倍感陌生,因为她心中仍然觉得自己属于爱丁堡。事实上,这篇文章的主旨还是去探求她自己的意识深处根深蒂固的爱丁堡血缘,以及表明其整个观念是如何被迫与童年时期的意识相割裂。过了很久,在1990年出版的一篇报纸访谈中,斯帕克也多次提到了自己的苏格兰性。采访者艾伦·泰勒(Alan Taylor)说:"如果有人认为她不是苏格兰人,这会让她感到受伤和难过。"

然而,在这篇后来的访谈中我们发现了另一个主题,它使得我们去感受作者那种惴惴不安且若即若离的归属感,这正是斯帕克在《意象的反馈》中力图表达的内容。她的作家生涯似乎就是为了更好地创作而刻意远离身边的一切。例如,战后她定居伦敦,并且在文学界(尤其是诗歌界)取得了举足轻重的地位。后来,她皈依天主教,开始了小说创作的生涯,直至完成其文学创作的第一个巅峰之作《布罗迪小姐的青春》。在那个时候,她显然已经对外界感到不胜其扰,"她想远离文学界的虚情假意,远离家庭的牵绊桎梏"。于是,她去了纽约。然而相同的纠缠不清的关系使得她在1966年又返回了大西洋此岸,"我摆脱一切回到了意大利"。最初,她住在罗马,但现在①她定居于佛罗伦萨附近的托斯卡纳,过着惬意舒适的生活。

---

① 本书写成时,斯帕克仍在世,斯帕克于2006年去世。

斯帕克的小说创作类别

所有小说家都会发现自己处于一种与斯帕克类似的若即若离的矛盾状态。作为小说家,你必须全身心投入到现实世界中去了解它,从而能在作品中去描写和展现它;另一方面,你又必须与之保持距离,才能以清晰的视角去观察它,从而饶有趣味地写下与之相关的真知灼见。不过,许多其他的作家只是在内心培养一种超脱感,而穆丽尔·斯帕克的方式更为极端,她使自己完全从世俗事务中抽身出去。当然,她远离世俗的目的与其作品的内容有着紧密联系:具体而言,这可能与她在人物行为(一种高度入世的表现)中着重展现的道德关怀,以及特别沉着冷静的写作方式(一种明显出世的表现)有关。无论是在生活中还是在写作中,穆丽尔·斯帕克都高度关注对与错、善与恶等终极问题。但是她深知,小说中如此强烈的道德关怀很容易导致作品本身被掩盖,从而失去了小说对日常生活多样性进行真实描写的功能(我们所阅读的每部小说正是在致力于实现这一目标)。因此,我猜想,她的本意是通过使自己与所讲故事中的对与错等问题保持距离,来突出喜剧、幽默、怪诞的气氛以及优雅、机智、从容的写作风格。并且,当我们读到她的故事时,她在不断地向我们强调,这一切都是虚构的——这种方式有助于读者减少情绪化地理解人物的所作所为,同时让他们更多地思考人物的一举一动。

斯帕克生平掠影

如果上述猜测正确,那么这就能够解释穆丽尔·斯帕克身上所体现的令人好奇的悖论,也就是她在外居留期间,一直力图在内心保持某种苏格兰情感。她1918年出生于爱丁堡,父亲是犹太工程师,母亲是英国人,童年时期就读于詹姆斯·吉莱斯皮女子学校(James Gillespie's High School for Girls)。在最近的一篇自传体文章(仍然刊载于《纽约客》)中,她对自己在那里的岁月进行了细致入微且饱含深情的描述。在文章中,她着重描写了自己11岁时遇到的老师克里斯蒂娜·凯(Christina Kay)小姐,并且公开承认她就是简·布罗迪小姐(Jean Brodie)的原型。同小说中的人物一样,凯小姐在课堂上也充满魅力,她以极大的热忱全身心地投入到课堂教学中,整个教学过程轻松愉悦,令人陶醉。凯小姐经常和她的女学生们一起探讨对文化的渴望,还带着穆丽尔·斯帕克和她的一个朋友去剧院、电影院、音乐会等。(不过,斯帕克女士在此谨慎地指出,凯小姐只是小说人物的雏形,而小说中布罗迪小姐的言行是现实生活中任何一位老师都无法想象的。因此,虽然其灵感来自现实,但该小说的情节还是以虚构为主。)

斯帕克还在吉莱斯皮女子学校就读时就已经开始诗歌创作,并且因为对文学的热情而在该校声名鹊起(抑或声名远播)。然而在1937年,另一种热情让她终止了文学创作而嫁给了一位长者,并同他一起去往罗得西亚,当时她只有19岁。他们婚后育有一子,但是很快两人的婚姻破裂,斯帕克返回战时的伦敦,之后她在外交部谋得了一份撰写宣传材料的工作。战争结束后,她一度在英国诗歌协会任职,成就斐然。

1951年后,宗教开始在斯帕克的价值体系中起重要作用。1954年,她皈依了天主教。一年之后,应麦克米伦出版社的邀请,她着手撰写第一部小说《安慰者》(The Comforters),于1957年出版。之后其他作品接踵而来,1990年出版了第19部小说《学术会议》。虽说这些小说为其奠定了杰出的文学声誉,但她其他形式的文学作品也不容小觑,如诗歌、传记、文学批评、短篇小说、戏剧和儿童读物等。斯帕克第一部小说的出版正值她由宗教迷惘转向天主教信仰之后不久,这也许看起来是某种巧合,但是一个毋庸置疑的事实是,成了天主教徒之后,她就从《安慰者》开始,源源不断地推出了大量作品。她本人就曾说过:"直到成为天主教徒后,我才能够真正地创作。"不过,这并非意味着其作品仅能从正统的天主教的角度来理解。

斯帕克其他小说一瞥

在穆丽尔·斯帕克创作的所有小说中,还没有哪一部带有与众不同的特点,使其完全与其他作家的作

穆丽尔·斯帕克及其小说作品

品区别开来。但是,她的作品的确具有本人特色。它们描写的都是一群性格鲜明的人物,这些人物的共性既体现在性格上,亦与其所处的外在环境尤其是地域环境密切相关。她的小说总是传达出一种强烈的地域感和(同样强烈的)时代感。例如,《布罗迪小姐的青春》讲述的是一群年轻的女孩子初涉生活的经历,同时它也描绘了整个社区以及爱丁堡这座城市。《收入菲薄的女孩们》(*The Girls of Slender Means*)讲述的是一群年轻的未婚女性在战后艰难谋生的故事:她们居住在一家女性专用的旅馆里,该作品对伦敦的描写充满了历史感。《单身汉们》(*The Bachelors*)是关于五十年代末期伦敦一群单身汉的故事,他们同时也是一群怪异的通灵术的信奉者。《来自肯辛顿的哭声》(*A Far Cry From Kensington*)讲述的也是五十年代初伦敦的生活,其场景被置于出版商日常工作和休息的处所。诸如此类,不一而足。斯帕克在每一部小说中都选择了一个相当狭隘的群体,并且以此为背景运用略显矫揉的手法去创作,即便如此,我们依然会感觉到斯帕克在用高超的现实主义手法来描绘这种特定的、狭隘的生活场景。在所有描绘这种狭隘的"世界"的作品中,《罗宾逊》(*Robinson*)和《驾驶席》(*The Driver's Seat*)显得最为突出。前者以一个荒岛为背景,全篇只有五个主要人物;后者则仅有一个主要人物,讲述的是她生命中最后 36 个小时的故事——所做、所见等等。

就如此严格限定的主题来说,穆丽尔·斯帕克的小说是一种水到渠成的结果,它们篇幅适中且简明扼要,《布罗迪小姐的青春》便是其中突出的代表。在她的小说作品中,只有一部篇幅较长,这就是《曼德尔鲍姆门》(*The Mandelbaum Gate*),它的结构并不紧凑,就篇幅而言更像是一部现代通俗小说。不过除此之外,她的大部分其他小说都要比《布罗迪小姐的青春》短得多,读起来类似于冗长的短篇小说。这也给我们带来了更多的思考:我们认为自己能够将这些作品完全置于脑海之中,并且仔细考量其中包含的创作模式。

在阅读这些作品时,我们会意识到它们值得认真思考,因为作者在讲述普通人的故事之时,刻意地增加了许多设计好的情节和行为。即便是其中最具"现实性"的作品也显得不那么现实。这倒不仅仅是因为我们在阅读过程中总是意识到,有一位作家在有意地以一种我们意想不到的方式去遣词造句和谋篇布局,更重要的是小说中的事件("叙述事件"而非"叙述方法")总是或多或少的带有一些非真实性。相较于斯帕克的其他小说,《布罗迪小姐的青春》中并没有太多超乎想象、惊世骇俗的情节描写,但是我们也会发现其中有些部分值得思考,如布罗迪小姐的性格发展,以及小说的高潮部分。到底是否会有女教师怂恿自己的学生去和教职员工发生关系,或者说因此而被学生"出卖"这样的事情?当然,这一切并非完全不可能,但是只要认真想一想,就知道这些事情应该不大可能出现。为了弄清这一点,我们可以看一看凯小姐以及她与年轻的斯帕克之间的现实关系。凯小姐显然不是一位寻常的老师(而是一位非常好的老师),但是她不是布罗迪小姐,她与布罗迪小姐之间人生与性格的差异,我们可以称之为小说人物身上体现的虚构夸大性——也就是人物思想、行为的离经叛道。

不过,与斯帕克其他小说所体现的不可能性相比,《布罗迪小姐的青春》显得小巫见大巫。例如在

《安慰者》中,有位人物是小说家,她正在使用打字机进行创作:有时她会听到某种神秘的打字声,还有一个声音正在讲述小说的内容,于是她意识到自己居然置身于正在创造的小说之中。再举一例,《死的警告》(*Memento Mori*)讲述的是一群老年人的故事,他们接到了一通匿名电话,告知他们记住死神必然会降临;最接近于小说本身的解读是,打电话的人就是死神本人。在《东河岸的暖房》(*The Hothouse by the East River*)中,我们认为的生活在二十世纪六十年代纽约的居民,都是在二战期间死于纳粹德国发射的火箭的伦敦居民,他们的行为举止怪异失常。《驾驶席》讲述的是利兹的故事,她的行为也很怪异。她在度假期间开车接了一位素不相识的男人,其原因并非是出于读者期待的浪漫主义情感,而是试图迫使他杀死自己。凡此种种,不胜枚举。上述例子也许稍显极端,但是斯帕克的所有作品都有一个明显的特点,即它们一方面对日常生活描写得纤毫毕现,事无巨细,另一方面又在展现纯粹虚构的幻想世界。作品之间的不同之处仅在于程度的差异而已,最终,我们很有可能据此认为现实世界不过是虚幻世界的另一面。

小说中的叙事

如何讲述故事

下文谈到的是斯帕克的小说中提及或是暗示过的重要事件,其顺序并非按照小说中出现的先后来安排,开端是主要人物最早经历的事件,结尾则是最近发生的事件。

简·布罗迪小姐生于 1890 年,第一次世界大战(1914—1918)开始之时她订了婚,但是其未婚夫休(Hugh)被杀。据她所言其未婚夫死于《停战协定》(1918 年 11 月 11 日签署)签署前一周,殁年仅 22 岁。照此推算,他比布罗迪小姐年轻六岁。至于那些后来成为"布罗迪帮"成员的女孩们大都出生于 1920 年。

1930年,她们十岁时进入爱丁堡的玛西亚·布莱恩女子学校(Junior School of Marcia Blaine School)。这期间正值布罗迪小姐两年执教期的第一年,她置学校规定的讲授课程于不顾,而将自己的一家之言不加区别地灌输给女孩们。于是,这些新学生们的生活逐渐被她所支配。布罗迪小姐从中挑选出一群自己青睐的孩子,邀请她们来家喝茶,成为她的闺蜜,并向她们大肆宣传自己的私生活以及和校方斗争的故事。布罗迪小姐给予了女孩们身份认同感,但是却支配着她们的一切。她告诉女孩们自己正处于所谓的人生"盛年"(她时年40岁),因此无论是作为一名老师,还是作为一位女性,她都可谓是游刃有余。正是在这一年(1931年3月),她在爱丁堡老城开始了自己第一年的执教生涯(第27—40页)。

在布罗迪小姐两年执教期的第二年(1931年秋到1932年初夏)女孩们开始对两性话题着迷起来:她们怀疑布罗迪小姐和美术老师泰迪·劳埃德(Teddy Lloyd)之间有染。然而,1931年秋,布罗迪小姐又与音乐老师戈登·劳瑟(Gordon Lowther)开始交往,不过布罗迪小姐觉得他比劳埃德好不了多少,但是与劳埃德不同的是,劳瑟是单身。1932年复活节之时,桑迪·斯特兰杰(Sandy Stranger)在爱丁堡的利斯(Water of Leith)河畔遭遇了一个暴露狂,尔后又喜欢上了前来就此事进行调查讯问的女警察。

1932年秋,女孩们离开了布罗迪小姐的班级,进入高中阶段的学习,此时她们大约12岁,很快就适应了新的课程和老师。为了能继续和女孩们保持接触,布罗迪小姐决定跟她们一起学习希腊文,但是她在1933年的春末退出了学习(第84页)。在此期间,她继续保持着和劳瑟的关系,而女孩们则在周六会去他们在克莱蒙德(Cramond)的家中拜访。在同一年,女孩们也曾被劳埃德邀请至其家中的画室参观。后者于1933年夏初开始给女孩之一的罗斯·斯坦尼(Rose Stanley)画像。旋即,人们在劳瑟的枕头下发现了一件女性的睡裙,此事很快被女校长得知,当时她正愁找不到开除布罗迪小姐的理由。不过她并未如愿开除布罗迪小姐,而劳瑟被解除了合唱团指挥的职务(第94—95页)。

从1935年秋开始,布罗迪小姐就开始在打高尔夫球时向桑迪·斯特兰杰吐露心声(第105—108页)。而当时已经15岁的桑迪也对宗教产生了浓厚的兴趣,并且对爱丁堡地区的加尔文教派传统了如指掌。当女孩们大约16岁,进入第四年的学习时,她们开始在放学后遇上了男孩子们,这是小说开头叙述的一幕。同样也是在第四年,乔伊斯·艾米丽·哈蒙德(Joyce Emily Hammond)进入学校就读。此时劳瑟出人意料地与科学老师洛克哈特(Miss Lockhart)小姐结婚,于是"布罗迪帮"们转而将注意力放到了泰迪·劳埃德及其家庭身上。女孩们在学校的最后时间是在1937—1938年学期,此时布罗迪小姐已经单独和乔伊斯·艾米丽·哈蒙德成了朋友,她极力劝说后者离开爱丁堡,加入法西斯主义一方参加西班牙内战。乔伊斯受到怂恿后立刻启程前往西班牙,但是却在半路上意外遇害。而桑迪在1938年夏离开学校后不久,就与劳埃德有过简短的情感纠葛,并且开始对天主教产生兴趣。她也发现了布罗迪小姐劝说乔伊斯去往西班牙参战的事,于是她向麦凯(Miss Mackay)小姐告发

小说中的叙事

了此事,指控布罗迪小姐宣传法西斯主义。由于受到学生的"背叛",布罗迪小姐在1939年夏被迫在学期末离开了学校。就在布罗迪小姐被"背叛"和停止教学之际,桑迪皈依了天主教(第125页)。

至于罗斯,她在离开学校后很快就结了婚,另一位名叫玛丽·麦格雷戈(Mary MacGregor)的女孩于1943年死于一场旅馆大火,而此时正值"布罗迪"帮的成员珍妮·格雷(Jenny Gray)结婚之际(第81页)。1945年秋,桑迪曾和布罗迪小姐在布雷德山旅馆有过一场交谈,那时布罗迪小姐已经病倒,"正在遭受内心的折磨"(第56页),但是她还是活了下来,并看到了桑迪进入修道院成为修女。该修道院的戒律十分严格,修行者几乎与世隔绝。桑迪在其中成功地完成了一部心理学和伦理道德学的著作,名为《普通人的转变》。该书使得她一举成名,世界各地前来拜访她的人络绎不绝,她也因此在修道院里获得了不少特权。与此同时,其他女孩们的生活也各有不同,我们只能从只言片语中偶然得知一些情况:尤妮斯·加德纳(Eunice Gardner)于1959年打算和丈夫一起回爱丁堡参加国际艺术节(第26—27页);莫妮卡·道格拉斯(Monica Douglas)在1950年代末曾与桑迪(当时已是修道院中的"海伦娜嬷嬷")见面,两人回顾了目睹布罗迪小姐和泰迪·劳埃德在画室接吻的一幕(第55页);莫妮卡也在布罗迪小姐离世前几周拜访了她,时值二战行将结束(第63页);珍妮·格雷在将近40岁之时的某一天,在罗马经历了一场突如其来的情感波动和对性的渴望,此时是1959年(第80—81页)——她已经成为"一位小有名气的女演员";在小说的最后几页,罗斯·斯坦尼、莫妮卡·道格拉斯(其婚姻正走向失败)、珍妮·格雷还有回爱丁堡参加国际艺术节的尤妮斯·加德纳几个人都去拜访了桑迪。1960年前后是我们了解女孩们生活的最后一段时期,虽然与之有关的笔墨不多,但是,我们也时不时地能从作者的叙述中得知这一"晚年"岁月的情况,例如珍妮回顾了自己在罗马经历一段激情的时刻等。不过,当该小说于1961年首次出版之时,书中大部分在时间上离那个年代最近的事件,在第一批读者眼中看来几乎就是几年前(甚至是当时)发生的。

小说如何展开叙述各个事件

上文谈到的诸多牵涉到小说人物的事件均是按照所谓的"历史"顺序列举的,这些我们读者在阅读之后基本上可以想象得到。但是,我们在阅读的时候很难在脑海中形成这些事件的清晰影像,只有刻意地从小说的字里行间去寻根究底也许能够推测出事件的时间、顺序、细节以及含义等,不过这一过程已经不再是所谓的"文本阅读"的行为了。当然,在我们阅读并且试图去理解小说文本的过程中,我们在心中也会不自觉地将人物的"历史"串联起来。这是我们阅读所有小说的通常做法,只不过在阅读斯帕克的这本小说中,我们对此感到尤为明显,因为在讲述日期以及事件之间的时间承接方面,该小说充斥着大量非常精确的(经常也是意料之外的)信息片段。

"看来我是找不到座位了。如今是 1936 年,骑士的时代已经过去了。"(第 10 页)

玛丽·麦格雷戈,一副笨手笨脚的样子,长得就像是个有两只眼睛、一个鼻子和一张嘴的雪人。她后来因为笨而出了名,总是受到指责。在23岁的时候,她在一场旅馆大火中丧生,……(第13—14页)

桑迪想,从我出卖这位令人感到厌烦的女人,已经过去七年了。(第60页)

"我觉得我已经过了那个时候,"珍妮说。很奇怪,这却是真的。并且她在生活中再也没有经历过她早年对性爱的奇异感觉,直到她转眼间就已年近40……不过对此再也不可能发生什么了,因为珍妮已经心满意足地度过了16年的婚后生活……(第80—81页)

(桑迪)想起来八年前布罗迪小姐坐在榆树下向她们讲述自己单纯的爱情故事……(第119页)

以上情节给我们提供了不少信息,丰富了我们从现实的角度去理解故事的感觉。小说中的一切都显得无比精确,其中蕴含的时间维度显然经过了作者的精心设计,以至于我们的心中产生了只有现实生活才会如此细致入微的错觉。然而,从我们阅读过程的另一方面来说,我们非常清楚,这些细节就如同书中的其他描写一样,完全是由作者所虚构。这使得我们更加相信,该书的确是经过精心设计,其中的精妙之处只有在耐心阅读和思考之后才能体会出来。于是,我们对作者便产生一种信任感,在阅读其作品时一定要小心翼翼,心怀虔敬。(很明显,从上述例证不难看出,穆丽尔·斯帕克在下笔创作之前就已经精心安排了叙述的时间顺序。)斯帕克这种最为显著的创作特点给我们的阅读过程带来了强烈的印象,我们会从那些看似琐碎无关的细节中发现,这些人物的确是有血有肉,栩栩如生。由此可见,正是这种手法既强化了我们对作者的感受,也增加了我们对人物的"真实性"和独立性的理解。

此外,如果我们认为这些人物就跟我们一样生活在现实中(而不是虚构中),那么我们就会自然而然地将他们的人生同二十世纪三十年代的欧洲历史事件联系起来,这也是小说多次向我们读者所提及的。这种"严谨的时间叙述",再加上其他我们在阅读中体会到的"严谨性"——地点(其中呈现了一个真实的爱丁堡)、演讲、观念(书中人物的举手投足、前思后想都跟常人无异),这些都赋予了小说鲜明的"现实主义"特色。

故事叙述方面的妥协

如果穆丽尔·斯帕克没有从布罗迪小姐的出生开始来讲述故事,也没有简单地按时间顺序讲述,那么她用什么方法呢?她在直接的时间顺序和复杂的、凌乱的各种事件之间达成了妥协。因为,如果小说家完全抛弃时间顺序,其结果必将使得读者感到无所适从。斯帕克当然希望自己的作品具有阅读的乐趣,她也不想让读者在阅读时感到困难。因此,她将所有重点都集中在主题的一个时间段——1930年到1938年之间,女孩们在玛西亚·布莱恩女子学校就读的时光——并大体上按照时间顺序来叙述,其间穿插有早

小说中的叙事

于或晚于这一时间的相关信息。(不过,我们还是应该将整个时间过程当作故事讲述的内容,从简·布罗迪小姐的青春时期到其他人物当前的生存状态。因此,女孩们在校之前和离校之后的故事就显得没有那么重要了。)

"现在"是何时?

然而,即使是小说的主要部分,也夹杂着许多凌乱无序、复杂多变的细节。例如,小说开篇的场景是在学校大门附近,时间大约是1936年的暮春或初夏(作者告诉我们当时是1936年,但是学生们已经是在校第四个学期,而她们是在1935年入学的。因此,这一幕应该发生在下半个学期,也就是说在夏天到来之前)。当我们开始阅读小说时,我们就会想当然地认为那时就是小说所谓的"现在",小说接着也描写了女孩们开始与一些男孩有了接触和联系——这应该是小说自然而然的主题。然而,在开篇叙述的过程中,发生了两件重要的事情,很快便打乱了我们已经大致形成的印象。首先,在小说的第三段,"现在"的概念被一些关于女孩们以前在校生活的信息所打断,我们对该段叙述的感受是(这些叙述看起来更像是交代背景情况以及解释女孩们之间的友谊和群体认同性),它们既出人意料又引人入胜,既让人感到不安又颇觉玩味。于是我们很自然地就想对其了解更多,也对那些男孩们墨守成规的生活失去了兴趣。

人们发现,这些女孩子已经听说过道德重整运动①的信徒们和墨索里尼;听说过意大利文艺复兴时期的画家们;也听说过用纯肥皂和水洗过后,涂上洗涤奶液和金缕梅树皮汁,对皮肤有好处;还听说过"月经初期"这个词;连《维尼小熊》的作者在伦敦家中的室内陈设都知道,同样也知

---

① 道德重整运动(Buchmanism):是美国宗教领袖布克曼(Frank N. D. Buchman)于1921年发起的一次信仰复兴运动。

小说中的叙事

道夏洛蒂·勃朗特①以及布罗迪小姐本人的爱情生活等等。(第5页)

这些意料之外的教育内容不仅与一个名叫布罗迪小姐的人有关(读者从小说的标题已经知道了她的名字),并且能够从作者提到的"这些女孩们组成了'布罗迪帮'"中的名字进一步得知一二。然而,这个名字不仅很突兀地给小说加入了非正统教育的主题,也开始了复杂的时间转换过程,因为我们突然得知,这些女孩子们之间经历过两个时期的生活:

> 这些女孩子组成了布罗迪帮。女校长给予了她们这个称号,而在她们从小学部升到初中部的时候,人们就已经这样嘲讽地称呼她们了。(第5页)

---

① 夏洛蒂·勃朗特(Charlotte Bronte,1816—1855):英国女作家,著名的"勃朗特三姐妹"之一,代表作有《简·爱》(*Jane Eyre*)、《谢利》(*Shirley*)等。其作品以作者本人的经历为依据,以现实主义的手法描写了英国社会中女性的状况以及她们心中的强烈渴望。

作者如此看似漫不经心地提及其他的时间段,在各个时期之间来回穿梭。对此虽说我们读者一开始并没有意识到,但是随着阅读的进行,我们发现这是该小说的基本叙述手法。于是,我们对"现在"的概念也逐渐变得模糊朦胧起来。

小说中另外一个关键时刻出现在校门口发生的一幕之后的几页。神秘的布罗迪小姐的出现,让整个故事的叙述开始进入到时间与话题的不断切换之中。与此类似的是,她的出现以及身上带有的专横且迷人的特点,也使得男孩们不再是叙述的对象,这符合女孩们和我们读者双方的感受。也许,小说讲述的并不是关于年轻人的爱情故事,而且目前来看,我们也不知道下面作者要讲述什么故事。(从某种程度上来说,这是一个关于旧爱的故事,是简·布罗迪小姐在40岁左右时的爱情生活。就女孩们自己的爱情经历而言,对性的好奇仅仅是其中的一个阶段,最早的体现便是桑迪在离校后与比她大很多的泰迪·劳埃德之间短暂的情感纠葛。)

此时,我们读者感到好奇的不仅是布罗迪小姐的

小说中的叙事

性格特点,而且还有她和这群女孩子之间的奇怪关系,这些都需要大量的时间来弄清楚。于是,我们当然想更多地了解这些人物的过往,因为我们似乎刚好赶上了正在发生的某些事情。这样一来,作者用倒叙的手法来叙述以前的时光显得顺理成章。例如,布罗迪小姐在榆树下给女孩们上历史课,她这种违背常规的授课方式和内容也能得到令人满意的解释。

不过,在本章的结尾处我们可能会感到有一点吃惊,因为它并没有重新回到小说开始时的女孩们在学校的第四个学期。从下一章的阅读中我们发现,小说从女孩们的第一个学期开始讲述。我们回到了另一个新的"现在",基本上按照时间顺序开始叙述女孩们的在校时光。实际上,在读第一遍的时候,我们就不自觉地忘记了小说的开篇,而一旦发现在读了几章之后,我们又重新回到了开头,进入到女孩们在校期间的某个时间段,这让我们惊讶不已。在小说中,只要一回到该场景,哪怕是在几百页之后,作者穆丽尔·斯帕克也会泰然自若地继续写下去,似乎并没有被打断过:"她们和她一同走到电车站……"(第112页)

假如读者在第一章结尾处期待进入到未来的话，我们的确会得偿所愿，但是这个未来与我们想象中的未来相去甚远。它并没有回到小说开头部分在校门口发生的一幕，而是以一种漫不经心似的预言方式，通过其中一个女孩的经历就很突然地进入了更遥远的未来："(玛丽·麦格雷戈)23岁的时候，在一场旅馆大火中丧生，……"这是一种更为与众不同的时间转换方式第一次出现在读者面前：大部分小说都不会像这样很突然地大幅度跨越时间顺序，我们也不清楚斯帕克为何这样做。

如果我们想当然地认为斯帕克的跳跃性叙述只是暂时性的，无关要紧，那从第二章开头部分起，我们就会发现自己错了。因为第二章不仅继续不厌其烦地讲述玛丽·麦格雷戈的生前死后，并且还让我们不断在时空之间来回跳跃，这让我们多少感到有些迷惑不解。本章的开篇便完整地讲述了玛丽的未来生活，其中包含三个精心挑选的细节(玛丽加入了英国皇家海军女子服务队，爱情生活十分不幸，最终死于大火。)，她想起和布罗迪小姐相处的最初几年是她一生

小说中的叙事

中最幸福的时刻,这一切看起来不仅是对她悲惨平庸生活的总结,而且就像是一篇微型小说一样自成一体。其中有几行生动地讲述了她的爱情生活("……有一次,真正伤心的事情发生了——她的第一个也是最后一个男朋友,一个她认识了两个星期的下士,抛弃了她,没在约定的地方露面,也再没来到她身边……"),这为后文更为详细地讲述她被大火所困的情景埋下了伏笔。当我们认真阅读这一段的时候,我们对于"现在"的概念就与玛丽悲惨的后半生的时期一致了,而那些学生时代的女孩们和布罗迪小姐在一起的时光,在我们(和玛丽)的眼中就成了遥远的回忆。

整个小说的叙述模式就这样建立了起来:没有一个绝对的"现在"。尽管有时候为了叙述清楚,小说的主要框架关注的是女孩们和布罗迪小姐在学校的时光,但是她们这一阶段人生经历的重要性也不能说超越其他任何一个阶段。那么,从这种叙述方式中我们可以得出什么结论呢?

其中一个明显的结论就是,在所有人物行为中体现的时间阶段中,没有一个确定的、所谓真正的"现在"这一概念。所有的时间都是从未来的某一时间点进行的追忆,即便是桑迪在修道院接受采访的时间也是如此。不过,对于1961年小说初版时期的读者来说,故事中的"现在"一定就是"现在",因为书中距离当时最近的几幕大约发生在1959—1960年间,这一情形在30年后的现在依然如此(正如我此时正在思考小说并记录上述感想。)

小说的另一个显著作用是,我们会强烈地感受到故事讲述者的存在。这一点看起来有些让人感到吃惊,因为如果我们撇开叙事,仅从那些独立的句子来看的话,这本小说的叙述似乎就是纯粹地讲述故事,让我们将注意力完全放到人物,而不是讲述人的身上。[小说家在创作中的一个至关重要的决定就是如何讲述故事,以及由谁来讲述。他可能决定让故事中的某个人物来讲述,例如《了不起的盖茨比》①中的尼

---

① 《了不起的盖茨比》(*The Great Gatsby*):美国作家弗·司各特·菲茨杰拉德(Francis Scott Fitzgerald,1896—1940)的代表作。该书通过叙述者尼克·卡拉威的视角,讲述了主人公盖茨比的人生经历,生动形象地反映出美国20世纪20年代纸醉金迷的场景,以及"美国梦"的破灭。

克·卡拉威(Nick Carraway),或者是雷蒙德·钱德勒①(Raymond Chandler)在多部推理小说中塑造的菲利普·马洛(Philip Marlowe)。在大多数情况下,故事的叙述者总是居高临下,无所不能,以全知的视角来讲述故事的来龙去脉。而叙述者的性格特点也或许会在我们的心中留下强烈的印象,他/她总是以正面的形象出现。例如,狄更斯的大部分作品都是通过一个性格鲜明,善于品头论足的人物来"讲述"的,而狄更斯一般是通过引人入胜、扣人心弦的写作风格来塑造这样的人物。不过,如果该人物从我们的关注中消失的话,其形象反而会得到凸显。当我们开始阅读《布罗迪小姐的青春》时,就会很明显地感受到以上情形。]

---

① 雷蒙德·钱德勒(1888—1959):美国著名推理小说家,其作品塑造了菲利普·马洛这一经典的侦探形象。

小说及其所处的年代

二十世纪三十年代

在小说的第一页,我们第一次得知了神秘的简·布罗迪小姐的情况,还有她向学生们灌输的"教育",这些都是通过叙述者讲述这些由小学升入初中后的学生们的诸多经历而知道的。关于学生们的情况都是相对笼统的介绍(有些事情还缺乏真凭实据),它们所暗示出(如果能够暗示的话)的是一位生活在 20 世纪,充满活力的女性(很少有男性对洗涤奶液和金缕梅树皮汁感兴趣)。不过在这些信息中,首先便提到了"道德重整运动的信徒"和"墨索里尼",这些都出现在二十世纪三十年代,当然后者在大多数读者的心中

小说及其所处的年代

显然是二十世纪的人物。然而,在当时12岁大的孩子们眼中,墨索里尼还很陌生,只不过后来会对世界带来巨大影响:例如几年后的1935年,他入侵埃塞俄比亚并引发了国际危机,随后他跟希特勒结成柏林—罗马轴心,伙同德国积极干涉西班牙内战。这些事情对12岁大的孩子来说恐怕并不熟悉。相比之下,"道德重整运动"现在已经消失在公众的视野中。它也被称之为"牛津团契运动"(书中在43页对此有所提及),由美国人弗兰克·布克曼博士发起,宣称通过对私人和公共道德进行改造来解决当时世界面临的各种问题。这一宗教运动自1938年以后就被称为"道德整饬运动",就整个三十年代来说,该运动并非广为人知,而主要是局限于上流社会的小圈子里。因此,如果1932年在爱丁堡一群12岁的女孩子都能知道这些,那么倒是让人吃惊不已。

上述两个事例便可将小说的时间设定在二十世纪三十年代初期,这一点在之后大量的细节中也能够得到印证。例如有一次,这些刚进入布罗迪小姐班上的女孩们在另一位老师办公室的墙上看到了一幅画有斯坦利·鲍尔温①(Stanley Baldwin)画像的选举招贴画:"下面写着'安全第一'"(第10页)。这幅画像是保守党在1929年5月30日大选中使用的,在那次大选中他们输给了工党。布罗迪小姐嘲讽地说道,鲍尔温曾经"进过内阁担任过首相,但没多久又出去了",这也许指的是他在1923年5月到1924年1月间曾短暂担任过英国首相职务,而不是从1924年11月开始到1929年大选这段任期更长的首相任职期。穆丽尔·斯帕克不大可能希望读者都知道这些细节,但是她自己显然对此十分了解,因为书中对当时"世界"的描写十分精确,事无巨细,是这些印象的明确体现。

两次世界大战之间

以上关于当时政治方面的情况无疑有助于我们

---

① 斯坦利·鲍尔温(1867—1947):英国保守党政治家,曾三次出任英国首相。

小说及其所处的年代

知道具体的历史时间,不过斯帕克在小说中也运用了更明显的手法来创造时代感。首先,故事发生在两次世界大战之间。这与书中人物的生活密切相关,并且很快在布罗迪小姐未婚夫的经历中得到了体现,他是在"宣布停战前一星期倒下的"(第12页)。布罗迪小姐的个人悲剧经历具有时代性,是她那一代人的典型代表,她们的人生备受战争的摧残——她们是"被战争剥夺了一切的老处女"(第42页)。至于时代的结束点,我们很容易在小说中找到相关的提示信息,也就是在第二章的开头部分,玛丽·麦格雷戈在二战期间曾经加入英国皇家海军女子服务队,后来死于一场大火。

不过,斯帕克将玛丽的悲惨遇难归咎于一场突如其来的大火,而非死于战争,这一点让人感到不解,要知道当时世界大战已经爆发,她也参军入伍。但是,她的死亡与下文中乔伊斯·艾米丽·哈蒙德十分相似——后者也是正准备加入激烈的西班牙内战,但是却在半路无故命殒他乡。这样看来,斯帕克似乎只希望我们了解战争有多么残酷和绝望,但同时也认为,即便是在无比动荡的战争年代,个人的命运有时也只是意外变故,与罪恶的战争也许没有直接的关联。的确也是如此,纵观整本书,我们会吃惊地发现希特勒发动的战争似乎对这些人物的生活并没有太多影响:既没有人因此而遇难,也没有决定性地改变了她们的生活。正如我所言,我们在阅读的过程中会感受到战争的存在——我们会自然而然地将女孩们的在校时光界定为"战前"——但是,战争并没有在故事情节中发挥显著作用。

虽然小说中没有特别地提及战争的影响,但是我们只有清楚地了解当时的历史走向,才能明白文中提到的墨索里尼及其法西斯主义,还有后来的希特勒及其在德国发起的各种运动。读者在阅读中会很强烈地感受到世界大战带来的时代感:斯帕克只需唤起读者对二十世纪三十年代的印象,我们读者心中对战争的了解也就会随之而来。她几乎不需要刻意地提到战争,有时候只是点到为止而已,这种方式看似漫不经心,实则十分自然。

小说及其所处的年代

二十世纪三十年代的生活

小说中所提及的希特勒和墨索里尼清楚地表明了其创作时间是二十世纪三十年代,不过除此之外作品中还有大量反映出时代感的印迹。在当时所有重大事件中,除了国际形势以外,还有经济形势:当时正值西方经济大萧条,最严重的后果就是失业率不断上升。1929年纽约股票交易所的股市暴跌直接引发了一场世界范围内的经济危机,而三十年代初正是经济形势最为糟糕的时候,世界经济也开始了极为缓慢且艰难无比的复苏。因此,当1931年3月布罗迪小姐带着那帮女学生们穿过爱丁堡老城时,女孩们便瞥见了经济萧条时的场景,她们第一次目睹了当时老城破败的惨状,这是像女孩们那样出身于中产阶级家庭的人所难以想象的(第27—41页)。

不仅如此,斯帕克在小说中还加入了大量准确反映三十年代世界的细节——通常来说,细微之处总是能准确地体现出当时的时代特色。这些细节大部分出现在小说的前三章中,其作用就是在主要人物和情节发展之前,为整部作品定下一个时代的基调。因此,在第三章的开头部分(第42—43页),叙述者描述了像简·布罗迪小姐一样的爱丁堡女性阶层的基本情况,它唤起了我们对时代的准确感受——还有具体的地点等,因为作品提到了"托维教授的音乐会"(第43页)[唐纳德·弗朗西斯·托维(Donald Francis Tovey)在二十年代和三十年代之间曾是爱丁堡大学音乐学教授,经常在周日的下午在亚瑟音乐厅(Usher Hall)举行独奏会或是交响音乐会,他在中产阶级知识分子阶层中广受欢迎。]。还有一个更为简洁的细节——也是在那个时代——隐晦地提及了时代变化对人物生活的影响——这也是小说的主题之一:"桑迪的母亲有一件冬天穿的华丽的外套,上面镶着毛茸茸的狐狸皮,就像约克郡公爵夫人一样"(第18页)。六年之后的1936年,约克郡公爵夫人自己也没有想到会成为英国王后,因为她的丈夫在其兄长爱德华放弃王位后,继位成了乔治六世。新国王夫妇育有两个女儿,其中之一便是现在的伊丽莎白女王。约克郡公爵夫人现在成了伊丽莎白王后,也就是女王的母亲。斯帕克通过描述王后早期头衔的方式,在读者心中确立起来"过去与现在"的时间概念,这样间接表述时间的方式在小说中比比皆是。

简·布罗迪和法西斯主义

在斯帕克对三十年代的细节描写中,最连续最系统并且贯穿整个作品的就是关于墨索里尼和希特勒崛起的情况:当布罗迪小姐在暑期度假时,她或多或少地谈到了曾经到过的几个国家,从中我们可以初步感受到,当时的人们已经意识到这种来自国外的威胁正在不断增加,到1938年为止在英国社会,人们已经将法西斯主义看作危险的主张,不为他们所容——因此,麦凯小姐就有充分有效的理由来指控布罗迪小姐。"她是天生的法西斯"(第125页)。这些话语在文中不断出现,而法西斯主义的观点在小说中显得十分重要,因此读者就会认为这本小说似乎与"法西斯主义"有关。

法西斯主义为何物？它是一种1922年首先出现在意大利的政府组织形式，在这种制度下，国家及其组织机构对个人拥有彻底、绝对的控制权。法西斯政权具有民族性、右倾并且强烈反对共产主义，其核心理念是国家地位至高无上，除此以外的任何观点，无论是个人还是团体（例如工会）等都不被接受。一个法西斯政权统治下的国家必将会走向战争（无论是否是在战时，法西斯政权都会为了使其措施合理化而不断致力于发动战争），其执政党的大权通常掌握在某个独裁者手中，他会动用一切手段来彻底清除异己。而在自由政体下，一个大家都公认的理念就是，国家建立的宗旨是为了促进个人和个性发展，政治制度应该有利于不同观点的自由交流。"法西斯主义"一词起源于意大利语fascio，意为"束棒"①，其象征意义是个体的紧密结合，共同从属于国家。1922年意大利的墨索里尼政权第一次运用这种政府模式，继而出现了

---

① 其原意指的是一把被绑在多根围绕在一起的木棍上的斧头，在古罗马是权力和威信的标志。

小说及其所处的年代

德国的希特勒纳粹政权,以及弗朗哥将军统治下的西班牙政权,他在西班牙内战(1936—1939年)中取得了胜利。此外在三十年代,欧洲一些其他国家也相继出现过法西斯政权。

那么,简·布罗迪小姐到底为何被称为"天生的法西斯"呢?显然,她是希特勒和墨索里尼的崇拜者,对他们管理国家的能力深感钦佩——这些国家在二战之后深陷各种危机,道德堕落、政治分裂,并且还跟其他国家一样遭受着经济危机的严重打击。她被法西斯主义的表象所吸引——身着制服、整齐划一的军队,对外部世界的改造雷厉风行、令行禁止,例如禁止在街道上乱扔垃圾(第31页),毫无疑问还有墨索里尼发布命令,要求意大利的火车运行要准时准点等。布罗迪小姐对西班牙的弗朗哥政府青睐有加,而不喜欢那些共和党派人士,她怂恿乔伊斯·艾米丽·哈蒙德加入弗朗哥一方,不要像千千万万包括她兄弟在内的理想主义青年那样,加入自由主义者或是左派的战斗阵营。(不过在加入战争之前,乔伊斯乘坐的火车受到袭击,她在其中不幸遇难。)二战结束后,布罗迪小姐对希特勒的评价仅仅是"希特勒确实有点放肆"(第122页)。

不过,正如桑迪·斯特兰杰向麦凯小姐承认的那样,简·布罗迪小姐并非真的对政治感兴趣(第125页)。她对法西斯的理解只不过是根据自己的喜好而断章取义,她只是喜好法西斯主义的处事方式——将一个国家管理得井井有条、整齐划一,大力推行在公共场合展示充满阳刚气质的行军队伍等。的确,桑迪的看法是对的:布罗迪小姐对法西斯主义的政治主张不感兴趣。在那样一个政治意识高度明显的时代,她似乎完全对政治缺乏热情,这可以说是她的显著特点之一。当她对斯坦利·鲍尔温的政治口号感到反感时,她也只是用充满哲学的语气而非政治语气来表达她的看法:"但是安全并不是第一位。真、善、美才是第一位。跟我来。"(第10页)

从以上这件小事我们也能看出简·布罗迪小姐对政治的盲目性,整部小说中许多看似细小、肤浅的琐事都凸显出了这个特点。简·布罗迪小姐对鲍尔温所宣扬的肤浅、乏味的人生观感到不屑一顾;于是

小说及其所处的年代

她向女孩们提出了自己认为至关重要的价值观。然后,她对女孩们说道:"跟我来。"从表面上看,这句话只是老师要求学生们跟上队伍,不要随意走动。但是,我们却不能否认,它也反映出布罗迪小姐在潜意识中要求女孩们选择她作为榜样,以她大力提倡的价值观为人生方向,而不要理会鲍尔温的谨慎、小心的处事态度。从布罗迪小姐的"跟我来。"这句话中,我们感受到政治家鲍尔温的竞选口号表明,生活方式(按照现在人们的话说)也能够成为一种政治武器。布罗迪小姐对鲍尔温的态度也能够产生"政治"影响力——它既体现在女子学校这么一个小范围内的争权夺势,也体现在二十世纪三十年代整个欧洲出现的各方角力的政治形势中:例如乔伊斯·艾米丽·哈蒙德就在布罗迪小姐的鼓动之下决心去往西班牙参战。"跟我来。"这句话很自然地表明了说话者的领导地位,而布罗迪小姐所说的"安全并不是第一位,等等"也表明,她要女孩们选择她为人生导师,而不要选择学校里那些索然无味的人。她向女孩们展示的是自己的领导能力:魅力四射、胆大勇敢、掌握真理,善于将追随者从潦倒落魄的状态带往充满光明的未来。因此,在其所处的小范围内,她的所作所为就像是希特勒和墨索里尼对一战后情绪陷入低落的国民所做的承诺一样。她身上多少有一点希特勒和墨索里尼那样的政治魅力,将追随者改造成一个牢不可摧的整体。墨索里尼以"领袖"的形象统治意大利民众;希特勒则以"元首"的身份主宰着德国人民,这两个词都是"领导者"的意思;希特勒和墨索里尼也都向其国民坚定地表示:"跟着我。"

从严格意义上来说,如果不用于描述某种国家的组织形式的话,"法西斯主义"就没有太多的意义:法西斯主义的全部含义都是与国家政治有关,除此之外,别无他意。然而,穆丽尔·斯帕克却打算从更为笼统和宏观的层面去理解该词,也就是说将其用于描述某个个体的思想内涵和性格特点:"这时,她(桑迪)已经进了天主教会,在这个行列中,她发现了相当数量的法西斯分子,他们比布罗迪小姐有过之而无不及"(第125页)。从中我们可以看出,斯帕克将这个词用于描述那些只相信自己而无法容忍他人言语的人,并且不择手段地去控制其他人的思想和行为。如今,这个词通常指的是无情地打压甚至消灭意识形态方面的对立面,不过有时候也与政治事件相关联。(例如,当警方干涉因工业纠纷而产生的游行示威时,他们就会被称为"法西斯主义者"。)但是,就像桑迪承认的那样,在布罗迪小姐所谓的"背叛"行为中并没有什么政治色彩。因此,当布罗迪小姐因为"她一直教授法西斯主义"而被迫退休时(第125页),这个理由一定是捏造出来的。因为在她教授的课程内容中根本就没有法西斯主义——例如,她并没有宣扬英国的法西斯主义(当时英国就有不少奥斯瓦尔德·莫斯利①爵士的狂热追随者——奇怪的是,小说丝毫没有提及莫斯利爵士提倡的运动)。布罗迪小姐公开表达对意大利法西斯主义的欣赏之情,这就如同她对意大利的画家、意大利的但丁,还有意大利语对"贝亚

---

① 奥斯瓦尔德·莫斯利爵士(Sir Oswald Ernald Mosley, 6th Baronet,1896—1980):英国极右翼政治家,因组织创立英国法西斯联盟而著名。

特里采"①(Beatrice)的发音方式都欣赏有加一样(第46页)。当桑迪在多年以后说,布罗迪小姐"是非常天真的"时(第127页),很明显她要表达的是布罗迪小姐对罪恶的现实世界知之甚少。不过,她的意思似乎也是——也许她是这样说的(或者说至少是这样想的)——布罗迪小姐很"无辜",因为她根本没有做过被指控的那些事。

简·布罗迪和希特勒

当读者开始思考这本小说时,他们会很强烈地认为,作者的意图是去展现危险的法西斯主义居然在让人意想不到的地方潜藏着——就在这里,在一位默默无闻的爱丁堡单身女教师的内心当中。并且,从简·布罗迪小姐和那些声名显赫(抑或臭名昭著)的法西斯分子之间的相似性也能够印证,那些最终对布罗迪小姐的奇怪的指控似乎都能坐实。例如,她的生卒年

---

① 贝亚特里采是意大利诗人但丁的作品《神曲》中的人物。

份是 1889 到 1946 年;希特勒是 1889 到 1945 年,两人都在 56 岁左右去世。布罗迪小姐的"青春"开始于 1930 年,大约是桑迪第一次上她的课时(第 11 页)——这可能是在 8 月末,正值苏格兰的开学季。与此同时,希特勒及其纳粹党徒在 1930 年 9 月举行的德国大选中首次获得了政治上的成功,继而成为德国议会中的第二大党,而在此前它仅是九个政党中最小的一个,这次胜利是纳粹党徒的一个重大突破,此时正好是布罗迪小姐向女孩们讲述她的故事的时候。

读者会很自然地产生疑问,穆丽尔·斯帕克在写这本小说的时候也许并没有这样想,布罗迪小姐和纳粹党之间的相似性只不过是巧合而已。这一点可以从布罗迪小姐的青春终止之时,也就是桑迪的"背叛"的时间安排上得到证明。很明显,该事件发生在 1938 年秋(第 124 页),而正是在数周之内的 1938 年 9 月 29 日,臭名昭著的慕尼黑协定被签订,该协定导致捷克斯洛伐克大部分地区被割让给德国——这通常被视为是对捷克的背叛。布罗迪小姐在她生命的最后时刻也在不断地哀诉他人对自己的背叛,这似乎是对希特勒的某种响应,他在柏林的地堡里结束了生命,其间也在不断谴责那些所有背叛他的人。

那么简·布罗迪小姐是希特勒那样的人吗?这种看法与桑迪在打算"背叛"时的想法一样简单。在桑迪的眼中,布罗迪小姐不仅是一个法西斯分子——早在1931年,她们穿过爱丁堡老城的长途散步中桑迪就有这种看法——而且很明显的是她还导致了某个人的死亡,也就是乔伊斯·艾米丽·哈蒙德的悲惨遭遇。然而,这种看法显然有一定的缺陷。首先,无论谁在慕尼黑协定中被背叛,都不会是希特勒,这样如果将布罗迪小姐被背叛的事件当作同时代发生的国际事件的对应物,显然有些牵强附会。可怜的布罗迪小姐的青春的确是"戛然而止"了,但是在签订慕尼黑协定时,英国和法国应该有机会制止希特勒,但是他们却没有采取任何行动。

再者,桑迪向校方告发布罗迪小姐的背叛行为——理由只是捏造出来的——或多或少地对应着一种国家社会主义与众不同的特点:也就是按照纳粹意识形态的教导,孩子们有时会背叛自己的父母,向纳粹当局效忠。简·布罗迪小姐与"布罗迪帮"成员之间的关系表明了一种父母—孩子之间的关系：从某种程度上说，那些女学生们代表着布罗迪小姐的孩子，尽管她未曾生育。而桑迪和她的关系则超出了一般意义上的师生关系，这也就是为什么当书中描写桑迪背叛了布罗迪小姐时，我们都大感吃惊的原因。

如果我们要将慕尼黑协定的签订与桑迪的背叛行为联系起来解读的话，只能说是捕风捉影，毫无依据。但是，不可否认的是，两种背叛就其本身而言都具有决定性。正如布罗迪小姐的人生在一场她没有到场的会议中被摧毁一样，捷克人也耻辱性地被希特勒与英国、法国和意大利政府共同召开的会议排除在外，该会议将三分之一的捷克领土割让给德国，使其毫无防守之力。不过曾经也有不少人认为，慕尼黑协定的签订与其说是背叛，不如说是政治上的明智之举。内维尔·张伯伦①就声称他为此赢得了"时代的

---

① 内维尔·张伯伦(Arthur Neville Chamberlain，1869—1940)：英国政治家，曾在1937年到1940年担任英国首相。他在第二次世界大战前夕主张对希特勒纳粹德国实行绥靖政策，受到西方世界的普遍谴责。

和平……光荣的和平"。当然现在看来,这种思想既十分错误也于事无补。同样,从乔伊斯·艾米丽·哈蒙德的死亡当中,桑迪似乎有足够的理由来解释自己的背叛行为,但是,从长远来看,布罗迪小姐在整个过程中是否受到了公平的对待也未可知。不过,这也就书中人物及其行为的正确与否提出了问题,这个问题很难得出简单明了的回答。

小说中的宗教

桑迪的皈依

《布罗迪小姐的青春》大部分情节都发生在二十世纪三十年代的爱丁堡周边,然而小说的结尾却选在一个籍籍无名的修道院,似乎位于(大约如此)"乡间的深处"(第127页)。桑迪每天在此迎接络绎不绝的访客,他们将桑迪当作一位著名的作家,或是一个可以无话不说的老朋友并且能给他们带来"刻骨铭心的情感净化"(第121页)。从一方面说,这本小说讲述的是简·布罗迪小姐和她被背叛的故事;从另一方面说,它讲述的又是一位爱丁堡女学生如何成为修女的故事。毫无疑问,宗教是小说一个重要的部分。实际上，我们也可以说宗教为小说中的人物提供了生存的环境。小说中主要谈到了两种宗教：加尔文教与天主教。天主教有明确的派别属性，但是加尔文教气势强大，跨越了宗教的派别界限。在苏格兰，长期以来天主教和加尔文教派被当作两种截然相反的宗教思想：苏格兰宗教改革之后的主要宗教基本上是加尔文教，而天主教在那些信教的人看来则应该被唾弃。

桑迪最终皈依了罗马天主教，这也是作者穆丽尔·斯帕克在1954年皈依后的宗教信仰。这本小说言简意赅，惜字如金，它对于桑迪做出生命中如此重大决定的过程言之甚少。以下是相关细节，出现在桑迪和泰迪·劳埃德之间产生情感纠葛之后，那时劳埃德还对简·布罗迪小姐一往情深：

> 她越是发现他仍然爱着简·布罗迪小姐，她就越对他爱着那个女人的头脑感兴趣。到了年底，她又几乎对那个男人本身失去了兴趣，而是全神贯注在他的想法之上，她从他的脑子里发掘出了他的信仰，就像是从果壳中剥离出精华内

容。她的脑海里装满了他的宗教信仰,就犹如是夜空中遍布着看得见和看不见的各种东西一样。她离开了那个男人,也带走了他的宗教信仰,不久就成为了一名修女。(第123页)

桑迪的这种宗教信仰历程显得极不寻常。当与另外一名男性发生不正当关系之时,她发现自己的伴侣却另有钟情的对象。不过她并没有像打翻了醋坛子那样胡搅蛮缠,而是像置身事外一般,去认真思考为何人们会不顾一切地爱上另一个人。虽然桑迪这种对他人的想法感兴趣的表现在之前就曾出现过,但是就是在这人生的第一次情感纠葛之中,她不仅找到了自我,而且对人们内心的兴趣也开始迅速发展。于是,她的潜心研究不仅使她更加深刻地理解了人类的心理,并且在突然间就找到了宗教的归途。这个过程就犹如是踏破铁鞋无觅处,突然之间就鬼使神差地被神秘的宗教所感化。不过,我们从小说中也能够发现,其实桑迪一直都对宗教有兴趣:15岁大的时候,由于看到那些依然矗立在大街上的中世纪建筑物,她就习惯于思考爱丁堡当地的宗教传统(第108—109页)。

桑迪的人生结局让读者倍感意外,它没有像大家期待的那样去大肆渲染其灵魂如何得到救赎,或者说其决定如何正确,这似乎有悖于斯帕克本人的天主教信仰。桑迪最终的宗教归属在小说中并没有得到积极正面、大张旗鼓的宣扬:只是以一种平淡、如实的方式加以叙述。如果一定要去寻找的话,那么文中关于桑迪成为修女后的形象似乎有些出乎意料:

> 她紧紧握住格子窗的栏杆,就好像她想从昏暗的会客室的一侧逃走一般,因为她不像其他修女那样镇定自若。她们在接待访客时总是双手合十,安静地坐在黑暗之中。但是桑迪则不然,她总是身子向前倾斜,凝视着前方,双手紧握栏杆。当其他修女注意到这一点之后就会说,自从桑迪出版了那本心理学专著而引起巨大轰动以来,海伦娜嬷嬷从尘世中接受的东西已经超出了她的承受范围。但是,桑迪已经摆脱不了与众不同的特权……(第35页)

桑迪当修女的决定是她内心的冲动,这表明她想逃离现实世界。但是她跟拜访者之间的互动则说明她渴望着"从昏暗的会客室的一侧逃走"——重回现实世界;然而她却"摆脱不了"教堂的高层让她与拜访者见面的安排。这样看来,她的处境让人怜悯,但是她真的想完全脱离现实世界,或者是重回其中吗?我认为这个问题并没有明确的答案:我们对桑迪成为修女之后的情况知之甚少。在这样一本对主要人物生活的方方面面都事无巨细地进行描述的作品中,这样的安排显然是作者故意为之,那么斯帕克的意图到底如何,这让读者心中产生了不少的困惑。

不过,还是有一些事情是确定的。在斯帕克笔下,人物肯定是处于一种两难的境地,其一虔诚地信仰上帝;其二痛苦地纠缠生活。并且,我们似乎可以明确地认为,桑迪的人生与简·布罗迪小姐对她的影响之间有必然的联系。小说的结尾是桑迪不断地重复着对一位充满困惑的年轻人的回答:

"您学生时代所受的最主要的影响是什么,

海伦娜嬷嬷?是文学的、政治的,还是个人的?是加尔文教派吗?"

桑迪说:"曾经有过一位正值青春年华的简·布罗迪小姐。"(第128页)

当然,那位年轻人对此显然一头雾水,但是我们读者却心知肚明。与此类似的对话也曾以更完整、更明确的形式出现在前文中:

"一个人在十几岁时所受的影响非常重要,"那个人说。

"啊,是的,"桑迪说道,"即使是那些影响给你提供了一些反对的东西。"

"那么。对您最大的影响是什么,海伦娜嬷嬷?是政治的、个人的?是加尔文教派吗?"

"哦,不,"桑迪说,"但是曾经有过一位正值青春年华的简·布罗迪小姐。"(第34—35页)

乍一看,这两段对话似乎没有太大差异,然而,如

小说中的宗教

果我们仔细思考一番的话,如果有差异的话那倒是显得有些奇怪了:作为作者的斯帕克是在通过特定的现实生活来展现虚构的故事情节,于是她会竭尽全力地使其接近现实——例如小说中的日期安排便是如此。然而,这两段对话以彼此独立的形式出现在小说的不同地方,所包含的内容也基本一致。那么,为什么斯帕克不是简单地重复前一次谈话的内容来展现现实性的效果呢?原因就是,这两段对话都不合适。

我认为斯帕克的目的在于表现两种不同的含义。在第一段更为完整的对话中,桑迪在回答的时候否定了年轻人的提问,而提到简·布罗迪小姐是对她的另外一个影响——也就是说不是政治的,不是个人的,也不是加尔文教派的影响。"哦,不,但是曾经有过一位正值青春年华的简·布罗迪小姐。"在出现在小说结尾处的后一段对话中,桑迪并没有明确地否定年轻人给他提供的几种可能性。实际上,我们可以将其当作是对简·布罗迪小姐这个人的总结,包括文学、政治、个人,还有加尔文教派等各种因素在内的结合。因此,第一段对话提及的选择仅仅是表面、肤浅的;第二段对话以简洁明了的语言,切中肯綮地谈到了问题的实质。

我们可以从中得出什么结论呢?如果结合整本书来思考这两段话,我们也许能够明白作者的意思是,年轻人提到的几个选择本身都不能起决定作用,即便是它们都属于桑迪生活的一部分。但是,由于它们体现了简·布罗迪小姐的人生,因此它们成了布罗迪小姐影响了的一部分。与这些抽象的事物相比,布罗迪小姐才是真正的影响,它们通过布罗迪小姐来发挥影响,因而为桑迪受布罗迪小姐的影响提供了条件。所以我们可以说,没有布罗迪小姐,这些抽象的思想观念就没有任何实质性的影响;有了布罗迪小姐,情况就不一样了。

简·布罗迪:事出有因的罪人

如果完全从宗教的角度来考量简·布罗迪小姐,我们就会感到有些奇怪:宗教在她身上并没有明显地体现出意义。她确实会去教堂——实际上她去过各

小说中的宗教

种不同的教堂,只要它们不是罗马天主教(第85页)。小说中这段关于她上教堂的叙述很快演变成关于她的是非观的讨论,这种观念在整部小说中发挥着重要的作用。

> 她毫不怀疑上帝会与她同在,她也让人人都知道这一点。因此,在她和音乐老师上床睡觉的时候,她也并没有感到不自在或是在虔敬上帝时有虚伪的感觉。正如过分的内疚感会使得人们采取过火的行动一样,过于缺乏内疚感又使得布罗迪小姐的行为过火。

这个话题在小说的后文还会有涉及,那是在描述桑迪对爱丁堡地区的加尔文教派传统的理解。她从中感受到古老的《旧约全书》中的上帝形象,上帝以燃烧地狱之火并且惩治罪恶为乐,人们都认为他会给自己创造的绝大多数人施加永久的诅咒。当冈特小姐和科尔姐妹(Miss Gaunt and the Kerr sisters)被描述成相信"上帝实际上在每一个人出生之前就替他们安排下了死时不愉快的意外事件"(第108页),作者实际上指的是加尔文教派的核心信仰,即地狱早已准备好,绝大多数人类必将走向地狱。因为上帝洞察一切,无所不能,他必定已经确定了哪些人会下地狱,哪些人不会下地狱,他也一定为此精心地安排好了所有至关重要的细节。因此(这里可能会有争议),既然上帝创造了时间,也超越了时间,那么他在人类(或是时间)没有被创造出来之前,也一定确定了哪些人下地狱,哪些人上天堂——在创世纪之前。

这种想法的关键之处在于认为万事万物都由上帝所创造,以此任何事物——绝对是任何事物——都来自上帝的意愿。但是假如上帝早已提前安排好了一切,那么现在我正在写作,打算边写边喝一杯咖啡,不过我还没有真正下定决心——也就是说我别无选择,只能去喝咖啡。而如果我在最后关头放弃了喝咖啡的想法,我还是没有真正下定决心:我只是在按照上帝的意愿行事,它与我自己的打算是背道而驰的。上帝的意愿是不能违背的;只可能会被误解。

因此，我认为这种想法完全违背了人类行为中体现的自由意愿。如果这就是上帝的含义，那么我们也就不能为自己的善行而自豪了，因为这一切都是上帝的安排，不是我们的功劳。无独有偶，我们也可能会认为，人们不能因为干坏事而受到指责：因为我们这么做，只是在执行上帝神圣的意愿。所以，我们显然很难——也许是不可能——确切地知道这一切都是上帝与我们之间真实关系的反映，就犹如没有人确切地知道上帝一定会选择哪些人上天堂而不是让他们下地狱。大部分人（尤其是基督徒）都非常清楚，这些都是说不清道不明的事情。

同样的道理，大部分基督徒，哪怕是加尔文教派的信徒，他们都认识到无法确定上帝到底选择拯救谁，并且上帝的拯救与我们在世上的所作所为没有关联。不过，还是有一些人深信自己就是上帝选择拯救的对象，他们的行为已经得到上帝的许可（就如同过去一样），哪怕他们做错事甚至是犯罪都不会有任何不同。苏格兰早期作家詹姆斯·霍格（James Hogg，1770—1853）曾经出版过名著《罪人忏悔录》（*The*

Private Memoirs and Confessions of a Justified Sinner），书中描述了一位名叫罗伯特·莱西姆（Robert Wringhim）的不幸的年轻人，他就是这样的一个人。(《苏格兰文学笔记》丛书中也有关于此书的介绍，由伊莱恩·皮特里撰写。)

因此，当我们得知简·布罗迪小姐"毫不怀疑……无论她做什么，上帝都会与她同在"时，我们明白这里出现了一位与霍格小说中类似的人物。与霍格的作品相比，斯帕克的小说并没有太多直接表述的神学元素，但是它们结局却是一样的：两个人物都因为明白太多而深受煎熬——实际上，他们对生活中任何重要方面都了然于胸。就像霍格笔下的罗伯特·莱西姆一样，简·布罗迪小姐可以自由自在地书写自己的人生规则，并且还能够影响到其他人（罗伯特·莱西姆影响他人的方式是实行谋杀，对此有些人也许会认为，简·布罗迪小姐怂恿乔伊斯·艾米丽·哈蒙德去往西班牙的行为与此也有些类似）。

无论大事还是小事，简·布罗迪小姐都有着自己的主见、看法和喜好，就犹如和上帝的想法一样，例如

小说中的宗教

她坚持认为她最喜欢的乔托(Giotto)是意大利最伟大的画家(第11页)。她的想法和言论完全就是滔滔不绝,有些在我们看来甚至是奇思怪想,但是她自己却坚信不疑。布罗迪小姐专横、霸道、专制,因为除了她自己的观点,她根本就容不下其他人的任何想法。一开始,我们也许会觉得这是她的性格使然,但是随着宗教因素在小说中不断出现,我们发现作者斯帕克实际上是将布罗迪小姐的言行举止跟是与非的基本问题联系了起来。简·布罗迪小姐的故事就是其一意孤行、冥顽不灵等行为的必然结果。无论言或行,她都从不认为自己会犯错,她完全"缺乏内疚感"(第85页)。

在个人层面,桑迪反对简·布罗迪小姐的看法;在宗教层面,桑迪反对家乡爱丁堡地区的加尔文教义,并且成为了一位与众不同的基督徒:天主教徒。简·布罗迪小姐十分反对天主教,这从某种程度上看,也是受到了爱丁堡(或是苏格兰)加尔文教派的影响。罗伯特·莱西姆和简·布罗迪小姐(她更像是天性使然)身上体现的宗教神学困境对于新教徒而言,要比天主教徒更加容易出现。天主教重视教会当局所宣扬的教义教规,并且十分强调宗教高层的权威(如主教和教皇等);新教更多强调的则是信教者自身的信念。因此,在是非对错、救赎诅咒和其他观念的问题上,对于那些基本是在独立思考和感知的新教徒而言,他们更容易形成一种独具个性(有时甚至显得离经叛道)的想法。简·布罗迪小姐身上的宗教特性也许不甚明显,但是我们完全可以用宗教术语来解释她的行为举止,穆丽尔·斯帕克在小说中也有意地安排了许多宗教方面的叙述来为此提供依据。例如,布罗迪小姐在很多方面都表现出爱丁堡出身的特点,她还肆无忌惮地大力宣扬该地区传统的加尔文教派的教义。

桑迪与天主教

在反对信仰加尔文教派的布罗迪小姐的过程中,桑迪的天主教信仰得到了明确的展现,但是本书对于天主教本质的探讨并没有像对加尔文教派的探讨那

小说中的宗教

样明显:书中仅仅提到天主教是一种不同的宗教。如果像作者穆丽尔·斯帕克那样认为,加尔文教能够为莱西姆和布罗迪这样坚信自己的一己之见、高度自负的人提供解脱和宣泄的话,那么斯帕克所信奉的天主教的力量则在于能够最大限度地遏制个体内心的冲动。这一点也许与其高度强调权威的传统有关,但也同样来自它宣扬的万物和谐的观念,即在纷繁复杂、混乱不堪的生活背后,一定存在着某些固定的模式与意义。

布罗迪小姐认为"只有那些不愿意考虑他们自己的人才是罗马天主教信徒"(第 85 页),桑迪认为这完全是无稽之谈,因为她正是作为一名天主教徒而写下了那本"论述道德理解力本质的古怪的心理学专著"(第 35 页),这本书显然是对自我深刻反省之后的产物。当然,值得承认的是,尽管我们在书中没有找到其放弃天主教信仰的依据,但是桑迪看起来也并不是一位心无旁骛的天主教徒。就像小说描述的那样,天主教似乎可以包容一切:桑迪的愤世嫉俗、充满学究气地去追求真理;泰迪·劳埃德单纯而自发的负罪感；甚至还有简·布罗迪小姐的"时而高耸入云,时而潜入海底的灵魂"(第85页)。加尔文教派将戈登·劳瑟驱逐出门,因为他与简·布罗迪小姐之间发生的那些风流韵事,但是在天主教中,一些罪人(如泰迪·劳埃德)似乎并没有被主流教会所排斥。当然,这并不是因为天主教主张姑息养奸,纵容恶人,而是因为它能够以某种加尔文教派不能做到的合适的方式与宗教罪人相处,至少本书中这是这样描写的。我们也许会感到好奇,既然如此,那为何作为天主教徒的桑迪内心仍然充满着冲突与折磨。对此,我们从书中很容易就看得出她是受到了布罗迪小姐的影响。布罗迪小姐已经将桑迪心中明显的个性激发了出来,并使之以后完全无法摆脱这种性格特点。桑迪对自己的宗教生涯感到不满的原因也许在于:她似乎被套上了处处为人为己考虑的道德桎梏。

尽管如此,从严格意义上说本书并非一部宗教小说:它并没有仅仅局限于探讨某个人物的宗教体验;它也没有从道德层面上来对某个人品头论足;它也没有表达任何充满神秘的神圣感。但是,宗教在小说中也起着重要作用,因为它是穆丽尔·斯帕克本人的世界观中至关重要不可或缺的一部分。上文我们也已经谈到,斯帕克女士的作家生涯是始于她成为一名天主教徒之后:可以说天主教信仰使她突然间就开始了文学创作这一与生俱来的事业。相较于世人所持有的那种摇摆不定、短暂易逝的观念和标准,宗教所赋予斯帕克的显然是一种绝对稳定、确定无疑的道德观。她如是写道:

我很确信,皈依天主教使得我有了讽刺作家的才能,天主教信仰的准则具有包容性,你有时也可以违背,但是它也并非游移不定。

讽刺作家经常对社会中的陈规陋习进行讽刺批评,因此他们需要在心中树立起正确完美的观念,才能对各种现象嬉笑怒骂,调侃讥讽。斯帕克的大部分小说都揭露了人性中的愚蠢与丑恶,语言机智灵活。虽然它们在宗教指涉方面都没有《布罗迪小姐的青春》那样明显,但是我们完全可以相信,这些小说的创作前提都是基于作者明确无误的是非观与善恶感。当然,这些是非观与善恶感都不是来自传统:这当然是拜简·布罗迪小姐所赐。她将自己的乖张怪异的价值观作为指导思想:其结果具有喜剧性,但也可能会导致悲剧。

简·布罗迪简评

我们该如何来看待她?

如果我们很难判断出简·布罗迪小姐心中所谓的美好与珍贵的标准,那我们同样也很难确定简·布罗迪小姐本人是否是个好人。我们可以像上文所提到的那样,认为她自命不凡,就像上帝一样可以支配他人,那么这看起来只不过更像是作者穆丽尔·斯帕克对她的怜悯或者是哀悼而已。小说中很多地方都可以读出布罗迪小姐的卑劣,这也印证了桑迪最终背叛了她并且计划搬出学校的诸多行为。桑迪这样做的原因是来自于她亲眼目睹了布罗迪小姐干涉乔伊斯·艾米丽·哈蒙德的生活,怂恿她去参加西班牙内战的一幕。不过,在这件事情上布罗迪小姐的表现与她之前的言行举止似乎差别不大:只不过这里更显得事关重大(生与死的抉择)而已。布罗迪小姐还试图对自己以前的学生的爱情生活指手画脚,这也让读者感到有些不可思议,不过她同样也对那些自己喜爱的学生的喜好、观点和未来进行规划与设想,事无巨细。这与她的专横、自私的性格紧密相连,在小说的开头部分,她的这种性格特点得到了生动的展现。当时,她在校门口将那些打算正常自然交往的男孩和女孩们隔离开来。

但是,如果在小说的一些章节中,布罗迪小姐不断干涉女学生生活的行为只是出于其专横的控制欲的话,那么在另外一些章节中,这种行为却完全可以理解,它体现的是一位不遵常理,天资聪颖的女教师的率性。当我们第一次得知她告诉女孩们的那些出人意料的奇闻趣事(如"道德重整运动的信徒和墨索里尼、洗涤奶液和金缕梅树皮汁等等")时,我们难道没有感到饶有趣味吗?对于这种生动形象、充满想象力的教学方法,激发起女孩们对纷繁复杂的现实生活的兴趣,我们难道不会感到新鲜有趣吗?我们对简·布罗迪小姐的第一印象就是她摆脱了因循守旧的教学大纲要求——这难道不是正面积极的印象吗?我们不禁在心中感慨道,"太有道理了!",并且希望天底下所有的老师都能像布罗迪小姐这样。

当然,我们读者对布罗迪小姐的教育实践的欣赏之情总是伴随有反感之觉。例如,她的学生尤妮斯打算缺席所谓的"一生中只有一次机会的"安娜·巴浦洛娃(Anna Pavlova)的芭蕾舞表演,而去参加某个教堂举行的社交活动,对此布罗迪小姐感到无法容忍(第62页)。还有,在女孩们穿过爱丁堡老城的活动过程中,桑迪意识到布罗迪小姐正在将女孩们打造成她自己的法西斯组织(第31—32页)。这样的活动显然表现出了布罗迪小姐专横的一面,然而我们也可以从另一方面来理解:观看巴浦洛娃的表演十分难得,只有布罗迪小姐才会给女孩们提供这样的机会。对桑迪和其他女孩们来说,徒步穿过爱丁堡老城的活动也许显得无聊乏味,但这对她们来说同时也是一次发现之旅,值得铭记(第二章对其重大意义有明确的表述)。布罗迪小姐能够给女孩们打开通向世界的大门,而其他大人们无法做到这一点。

与学校中的其他教职员工相比,布罗迪小姐的确算是一位优秀的老师。其他的女教师跟她比起来要么无知盲从地恪守传统信条,反对个性发展,要么心胸狭窄,举止怪异。例如后来嫁给戈登·劳瑟的科学老师洛克哈特小姐,她完全可以成就一番异想天开、惊世骇俗的大事业(用炸药把学校炸平),但是她从来没有想过要这样做(第114页),她每天只是一成不变地奔走于教室、课堂之间(她做的实验都是人所共知的结果),从事一些毫无新意的日常杂事(她每天的课程不过是照本宣科而已)。至于校长麦凯小姐,她是一个因循守旧的教学方法的卫道士:唯一的例外就是她对布罗迪小姐根深蒂固的反感与憎恨。她不断地重复一些众所周知的话题(例如女孩们应该选择古典还是现代课程的问题),毫无人格魅力可言。

就教师这个职业而言,那些女同事们在教学方面的生动性与自发性根本就无法与布罗迪小姐相提并论。同样,她们也远没有后者那样有女性魅力,这一点可以很清楚地从学校两名男性教师泰迪·劳埃德和戈登·劳瑟的反应看出。劳瑟最终娶了不解风情但外表友善的洛克哈特小姐为妻;他自己以前就很庸俗市侩,平庸无能,不过有一段时间布罗迪小姐也曾将他从道貌岸然的虚伪做派中唤醒。而美术老师劳埃德则看起来更加放荡不羁,在与其他女性谈情说爱之时还沉迷于布罗迪小姐的魅力之中。对这两位男性来说,布罗迪小姐的形象可谓是生动活泼,难以忘怀。

书中其他人物如何看待她?

上述判断有赖于我们如何从小说描写的细节中去理解和发掘;作者根本没有明确表述出来。然而,如果我们从其他人物那里自然能够寻找到更为清楚的答案:有人也许会认为,这样的表述或许更贴近于作者本人的想法。但是,书中似乎没有哪一个人物对布罗迪小姐的看法能够让所有人信服。小说最后两页的对话中也许围绕着布罗迪小姐进行了一些相关的评价,但也并非能够盖棺定论。在对话中,尤妮斯充满情感地缅怀了布罗迪小姐:她在布罗迪小姐的墓前放了一些鲜花,认为这位先师"十分有趣"。而当珍妮在讲述自己最近的经历时,立刻就下意识地想到了布罗迪小姐,并且想知道她的看法。莫妮卡则认为,她们应该对布罗迪小姐忠诚,并且让桑迪承认自己背叛了布罗迪小姐,这是桑迪一直都避免承认的事实。对于这些女孩来说,那位早已逝去的老师一直都活在她们的心中。

不过在小说的结尾处,桑迪所说的话似乎充满意味,难以捉摸:"桑迪像一位高深莫测的教皇般回答……"(第126页);"啊,她自己完全是无辜的"(第127页);"有过一个正值青春年华的简·布罗迪小姐"(第128页)。桑迪在吐露真情,但是她的方式让人感到迷惑,潜在的含义多于显露的情感。我们会觉得,在所有的其他人物中,桑迪是最能揭示布罗迪小姐性格的人:她不仅是班上最聪明的学生(至少她写了一本充满智慧的著作),而且精神上最为活跃和强烈。不仅如此,她的那些含糊不清的只言片语似乎显示出,她对布罗迪小姐的性格有着复杂和清楚的理解;这些话语显然分量十足。当她在讲述的时候,我们会觉得她完全理解了布罗迪小姐,对那些前尘往事也是了然于胸。然而,尽管小说的最后一句话以斩钉截铁般的语气承认布罗迪小姐对学生们的决定性影响,但是这种简洁明了、一语中的般的结论却避免了关于这种影响是好是坏的评价。可以说小说的结尾点明的是事实,从而避免了评价。桑迪的话语中透露出,她对布罗迪小姐实际上已经有了具体细致的评价,不过她对此并没有和盘托出。我们也是一头雾水,因为它过于复杂,很难一言以蔽之。也许桑迪认为旁观者不能体会其中的微妙差异,或是她根本就觉得这个话题不值得深究。桑迪以一种宗教的视角来评价布罗迪小姐,这个视角显然比其他视角更加真实、更加充分。当然,宗教视角的展示多多少少依赖于其不可言的特点:也就是说它的确存在,但是我们只能管中窥豹,略见一斑。

桑迪在小说结尾处的话语以略显神秘的方式表达了对布罗迪小姐的评价,其中还包括含有相互矛盾的语言:

"布罗迪小姐会愿意知道这件事的,"(珍妮)说,"因为她是个罪人。"

"啊,她自己完全是无辜的,"桑迪说。(第127页)

与思想成熟稳重的桑迪相比,我们读者与珍妮一样都觉得上述对话充满了矛盾,让人颇为不解。对于以上表述,无论我们解读和思考,我们心中都会立刻产生相抵触的想法。例如:她是一位充满激情,不循常理的老师吗?是的,但是她又在很多方面看起来就是一个传统的苏格兰单身女教师的形象,颇多规矩讲究,让学生们感到枯燥乏味,但是又不得不谨记在心。她比周围人的艺术品位和道德水准都要高吗?是的,但是她对艺术瑰宝和人生意义的一番说辞却显得任意武断,并且中间胡乱地夹杂着各种琐碎的东西。我们会感到怀疑,她真的懂得去欣赏那些人类的瑰宝吗?

这是一张奇马布埃的画。(奇马布埃是一位

13世纪意大利画家。)这里是一张墨索里尼的黑衫党的队形图的照片,比起去年的那一张,这一张看得更清楚。他们正在从事许多了不起的事业,关于这些事业我以后再讲给你们听。我和朋友们一起去拜访了教皇,我的朋友们亲吻了教皇的指环,但是我认为对着指环弯腰鞠躬才是得体的。我穿了一件黑色的礼服和一条镶花边的披肩,看上去非常华贵……(第44页)

她无私地投入到教育女学生的工作中,连自己的婚姻大事都顾不上?这只是表象,实际情况是她得不到心上人的爱(泰迪·劳埃德),因为后者已经结了婚,她只是在利用女孩们去实现自己未曾实现的个性特点,为此,她甚至还曾试图劝说其中的一个女孩与劳埃德发生不正当的关系。她的教育方法对女孩们有决定性影响吗?的确,女孩们在心中一直都留有对她的回忆,而桑迪是受其影响最大的一个女孩,但是,对大多数女孩而言,她们在离开她之后的几年内,一直都在试图摆脱她的影响。这些女孩们的后半生都不尽相同:她们似乎在离开布罗迪小姐之后做回了真正的自我。

新旧布罗迪帮

布罗迪小姐身上充满了矛盾,这是毋庸置疑的事实,这也可以从她的名字中得到暗示。在书中某一个偶然的场合,她谈到自己是布罗迪议员(Deacon Brodie)的后代,在十八世纪的爱丁堡,他白天是一位受人尊敬、道貌岸然的守法公民和议会议员,晚上则是一个罪行累累的江洋大盗(第88页)。他的身上体现了人类的一种欲望,即在公开场合遵纪守法、品德高尚,但与此同时却有着偷偷摸摸不可告人的另一面。在布罗迪议员是布罗迪小姐的先辈这件事情上,我们不知道是否可以当真,但是作者斯帕克似乎希望我们接受,在这两个都叫布罗迪的人身上有着精神上的关联。斯帕克不是第一个在作品中提到布罗迪议员这个人物的作家:众所周知罗伯特·路易斯·史蒂文森对他也很感兴趣,他还一度写过一个有关此人的剧本

简·布罗迪简评

《布罗迪议员的双重人生》(*Deacon Brodie, or, The Double Life*)。史蒂文森对我们普通人生活中的矛盾性的感受(该主题贯穿于他的大部分作品中,其中最让人记忆深刻的是他的成名作《化身博士》)很大程度上来自于布罗迪的双重人生:表面上,在白天衣冠楚楚,受人尊敬;实际上,在晚上杀人越货,作奸犯科。

> 别忘了,我是威利·布罗迪的后裔,他是个有大量财产的人,一个制作家具的木工师和绞刑架的设计者,一个爱丁堡市议会的议员,也是一个有两个情妇的人,她们给他生了五个孩子,血液可以证实。他喜欢掷骰子和斗公鸡。最后他因为抢劫税务所而被通缉——倒不是他需要钱,而是因为他是个出没于夜间的梁上君子,喜欢危险带给他的感觉。当然,他在国外被捕了,并被押回到托尔布斯监狱,不过那也是事出偶然。他在1788年死于自己设计的绞刑架上,死时心情无比舒畅。(第88页)

对于这样一个人物,史蒂文森关注的是其身上体现的双重性的矛盾人格,但是布罗迪小姐对此却不以为然,她对布罗迪议员的人格反差不感兴趣,而对这个人的个人主义特点和精力充沛的性格津津乐道。她欣赏他作为一个成功的商人和地方政治家的成就,但也欣赏他有情妇和若干个私生子的行为。她对布罗迪议员的道德问题不屑一顾,甚至说道,"不论这些有什么问题,我也是这样一个人。"我们也许会说她羡慕布罗迪议员的生活方式,正如在小说的前几页中,为了让女孩们停止讲话,泰迪·劳埃德将一个碟子摔得粉碎来表示自己强硬的决心,女孩们对他的行为赞叹不已。这样的行为看似任性,但却让女孩们心生倾慕,它抛弃了资产阶级的虚与委蛇,多了一份坚强的个人意志(第79—80页)。当我们读到布罗迪小姐讲述她的先辈时,劳埃德在美术教室将碟子摔碎的一幕就会在我们的脑海中浮现,还有女孩们在劳瑟先生家享受小资情调的下午茶时光。那时他常常放下自己手中的茶杯和茶碟,用浪漫而勇敢的腔调咏唱苏格兰歌曲,来歌颂战场的荣耀和爱情的凄美。尽管布罗迪小姐对布罗迪议员通过暴力手段来蔑视权威的行为赞许有加,但是从内心深处,她要比布罗迪家族的先辈,甚至是摔碟子的泰迪·劳埃德显得更加体面,更加受人尊重:因为她曾为一只有缺口的杯子而耿耿于怀。

正如布罗迪小姐对布罗迪议员的故事中体现的人格矛盾性不以为然一样,她对自己所处的危险境地也是一无所知。她对布罗迪议员的冒险性格十分了解,因此只要她对照布罗迪议员的经历来认真思考一下自己的人生,她也许就不会悲惨地死去。这一点可以从布罗迪议员的故事中的一个细节得到印证,可惜她也许早已忘却:当布罗迪议员被团伙的一个成员背叛时,他的末日也就来临了。有关背叛的细节在本书中比比皆是,例如在小说的开头部分,布罗迪小姐坚决不辞职:"让布罗迪小姐找工作就像是让裘利西斯·恺撒到一所不景气的学校谋求一个工作一样。她是永远不会辞职的。如果校方想把她赶走,她就宁可先被别人暗杀掉。"(第9页)就这一点而言,裘利西斯·恺撒倒是一语成谶,他不仅被暗杀,而且是被自己最亲密的朋友布鲁图斯所背叛:"还有你吗,布鲁图斯?"①这里值得一提的是,与斯帕克的做法类似的是,莎士比亚的戏剧《裘利西斯·恺撒》中的恺撒也是文学中一个充满了巨大矛盾和争议的人物:他既是一位英勇无比的伟人,同时也是一个心胸狭隘、目光短浅的普通人。

也许可以求助于作者?

斯帕克塑造了简·布罗迪,她让我们深刻体会到对一个人的理解与把握有多么困难,甚至是不可能。在这样一个主人公身上,斯帕克赋予了其强烈而独特的个性,任何一个读者对此都不能无动于衷。不过,要想对她进行彻底和中肯的评价的话,这无疑比登天还难。这本小说得到了文学界的高度关注,不少评论家著书立说对其进行讨论、分析,但是如今 30 年过去

---

① 这是恺撒遇刺时的临终遗言,当他看到刺杀者中也有自己钟爱的部下布鲁图斯时,便放弃了抵抗最终遇刺身亡。

了,这些评论家们在作者斯帕克是否赞同简·布罗迪小姐的问题上依旧看法不一——例如,她是否是被她最亲密的人所背叛而悲惨遇难,或者是她的本性邪恶、危险,迟早会得到被人背叛的报应。

伟大的作品总是充满了复杂性,有时候在阐释时也饱含悖论,因此读者有时会渴望得到一个权威的解释,最好是从作者自身的生活经历入手。不过,如果作者已经去世就不大可能了。哪怕是作者依然健在,我们可以与其接触交谈,这也并非易事。一般情况下,作家本人都不愿过多谈及如何解读其作品。据我所知,斯帕克本人也没有就简·布罗迪小姐这个人物的塑造在任何场合进行过直截了当、一锤定音的阐释。但是,最近她似乎给了我们一个相对隐晦的暗示,她在《纽约客》(1991年3月25日)上撰写了一篇自传性的文章:《身世:关键节点上的学校》。如上文提及,该文所回忆的主要是一位老师,克里斯蒂娜·凯小姐。我们读者从中可以得知,凯小姐是一位:

小说大师穆丽尔·斯帕克

寻找作者的剧中人①，在她的教室中的墙上挂着文艺复兴时期巨匠的绘画作品的复制品——列奥纳多·达·芬奇、乔托、弗拉·菲利波·利皮、波提切利等。这些画是她从高年级艺术系借来的，画作的保管者是英俊潇洒的阿瑟·库林，此外还有一些荷兰绘画大师和柯罗②的作品。在这些画作中，还有一张从报纸上剪下的图片，内容是墨索里尼的法西斯队伍沿着罗马街道行进的情景。

是不是看起来似曾相识？斯帕克毫不掩饰地公开表示，凯小姐就是简·布罗迪小姐的原型："只要是

---

① 该术语来自路易吉·皮兰德娄的三幕戏剧《六个寻找作者的剧中人》，该剧结构奇特，戏中有戏，带有戏剧层次和叙述层次的双重叙事。作者在戏剧舞台上同时呈现了两组人物：一组是正在排练的剧组演员，另一组则是找不到剧作家的几个人物，他们彼此之间相互独立，无法交流。该剧具有多重解读方式，颠覆了观众对传统艺术形式的理解。

② 柯罗（Corot）：十九世纪法国画家，曾在意大利留学，擅长抒情风景画，被认为是印象主义画家的先驱。

凯小姐的学生,都能从《布罗迪小姐的青春》中认出她,心中充满了高兴和怀旧的感情。"另外,这篇文章十分清楚地表明,斯帕克过去和现在都是凯小姐的拥趸,并且文章旨在颂扬凯小姐的观念和鲜明的个性,根本就没有任何批评指责的意思。

然而,我们不能据此就立刻回到书中,认为作者斯帕克对简·布罗迪小姐这个人物的言行也完全持支持的态度这是因为斯帕克自己也将两人进行了严格的区分。

> 从某种意义上而言,凯小姐与布罗迪小姐丝毫不像。从另一方面来说,她完全超出了布罗迪小姐形象的对应物。如果凯小姐遇上了布罗迪小姐,她一定会让这个虚构的人物恪守规矩。

然而,即便如此我们也不能将作者对现实生活中人物的评价转移到虚构的人物身上。这是因为哪怕是作者也不能完全被当作解读作品的可靠依据:作者的话语的确有趣,并且值得考虑,但是也不能将其当作定论,这一点完全可以从斯帕克和这部作品中得到印证。阿伯丁大学的伊索贝尔·穆雷撰写了一篇评论该小说的文章,他在文章中发现,斯帕克笔下的玛西亚·布莱恩女子学校的校名也颇有一番说法,我们都知道这个学校是以斯帕克自己的母校詹姆斯·吉莱斯皮女子学校为原型创作的。当时,的确是有一位名叫詹姆斯·吉莱斯皮·布莱恩的十九世纪美国记者和政治家,作者斯帕克肯定是知道这一事实,并且诙谐地给她的母校设计了这样一个新的校名。穆雷和斯帕克随后进行了一场对话,穆雷试图就这一"发现"向斯帕克求证,但是后者却拒绝置评。

这并不是因为作家觉得尴尬,或是想故意混淆视听:作家本人的记忆和常人一样也难免犯错,几十年后再回顾从前,其记忆要么早已忘却,要么错误百出。这一点是毋庸置疑的,无论是对于一些与客观事实有关的细节(如詹姆斯·吉莱斯皮女子学校和布莱恩女子学校),还是如何来解读这些相关细节。在刊登于《纽约客》杂志上的这篇文章中,斯帕克坦率地谈到了一个更加让人感到吃惊的细节,也就是对小说女主人公名字的选择:"我不知道自己到底为何会选择使用布罗迪小姐这样一个名字,但是最近我突然想起,在我三岁的时候有一位名叫夏洛特·鲁尔(Charlotte Rule)美国女教师曾经教我写作,她在婚前的名字叫作布罗迪小姐,是一位学校教师。难道是我可能想起了她,并且无意识地使用了这个名字?"

穆丽尔·斯帕克这样的一番话表明她自己也不能被当作解读作品的可靠依据,然而,即便没有这番话,我们也应该打消从作者那里获取解读作品的方向的念头。尽管小说与现实存在一定的相似性,但是虚构的作品有自己的一个天地,在脱离外部现实的情况下,它(如果有的话)既自成一体也能自圆其说。正如穆丽尔·斯帕克本人曾经讲过,虚构的小说就是一个谎言,充其量只能从中感受到真相。每当我们重新阅读一部作品时,心中就会出现一种全新的(但总是会失败的)渴望,试图去找到作品背后的真相。简·布罗迪小姐就是这样一个让我们遥不可及的人物,这也就是为何这本书目前依然常读常新的缘故。

桑迪·斯特兰杰和布罗迪帮

两位女主人公?——简·布罗迪和桑迪

无论是看过小说,还是改编后的戏剧等形式的读者,一定对简·布罗迪小姐的形象感到印象深刻:她在举手投足之间流露出来的魅力以及特立独行的个性让我们不禁浮想联翩,深受吸引,就犹如她的那些女学生一般。然而,当我们重读作品,认真思考之后就会发现,文中的桑迪·斯特兰杰也是一个和布罗迪小姐同样重要的中心人物。这倒不仅仅是因为只要是背叛布罗迪小姐的人就会一举成名,而是因为作品给予了她和布罗迪小姐同样多的关注,她们都是作者穆丽尔·斯帕克所描写的重点。

桑迪·斯特兰杰和布罗迪帮

小说叙述的是她们两人之间的相互关系,或者也可以说是桑迪对布罗迪小姐的认知发展过程。我们能够在作品中的很多地方感受到两人在小说叙述中的核心作用,不过最突出的地方也许是在小说的开头和结尾。从开头到"骑士时代已经过去"(第 10 页)是作者把握得最好的部分,它看似凌乱地在读者面前展现了一些细枝末节和小道轶事,但是实际上却是严格围绕女孩们展开,着重强调了她们的个性和共性。随着叙述部分的发展,布罗迪小姐的形象日益凸显,逐渐成为读者注意力的焦点。

首先,读者注意到的是她的姓氏,它不仅仅与其本人有关,而且还牵涉到整个女孩群体:"这些女孩们组成了布罗迪帮。"接着,"布罗迪小姐"便出现了,但是读者并没有直接感受到她的存在,而仍然是通过她向女孩们灌输的奇谈怪论间接地感受到的。然而,正是通过若干段这样的描写,作者也许是有意为之地向我们展现了一个生动形象的布罗迪小姐,于是在第四段的结尾处,"简·布罗迪"作为一个有着独立地位的人物便正式登场了。这样,叙述者可以在逐一详细讲述每一个女孩的故事之前,先向读者介绍一下这所学校的情况及其历史。不过,在布罗迪小姐再次出现之前,这些内容都有些语焉不详,好像没有布罗迪小姐,女孩们就无法讲述清楚一般。就在作者逐一介绍女孩们之时,我们突然在一场课堂对话的中间听到了布罗迪小姐的声音(第7页)。也就是说,如果没有布罗迪小姐主持整个讨论,这些女孩们也就无从谈起了。即便是在布罗迪小姐正式出现在文本中之前,她的角色和性格早已通过整个逐渐展开的叙述过程展现在我们读者面前。

尽管如此,女孩们终究有着自己独立的生活,这一点我们可以从她们和男孩们之间关于两性问题的年轻气盛、欲说还休的争论中看出来。但是,她们之间的联系显得脆弱无比,并且随着"老师"——布罗迪小姐的到来而分崩离析,后者总是不遗余力地打压自己不屑一顾的男孩们和乔伊斯·艾米丽·哈蒙德。(细思之下我们才意识到这一细节的重要性:这是简·布罗迪小姐和乔伊斯·艾米丽·哈蒙德之间的初次接触。哈蒙德后来会受到布罗迪小姐的影响去往西班牙,最终客死他乡。在与这个易于轻信他人的女孩子的深入交往中,布罗迪小姐将会得知自己被"背叛"的事实。作者斯帕克对作品结构的把握十分老到而果断,即便是在开头看似轻松随意的环境中也是如此。尽管决定性的一幕看似不会在此发生,但是结果却的确发生了。如果说小说的主要层面是关于简·布罗迪小姐和桑迪·斯特兰杰之间的关系,那么另外一个较为肤浅的层面便是基于简·布罗迪小姐和乔伊斯·艾米丽·哈蒙德之间的关系而展开的叙述。)

随着女孩们和布罗迪小姐在书中出现在"现在"的时间背景之下,我们读者就能够直接地了解她们之间的交往互动。当然,她们之间的对话被老师布罗迪小姐所控制,但是这并不是由老师引导的师生之间的课后讨论,而是老师极其强势地将自己的要求和个性强加到学生身上。这场讨论集中在(对我们来说)一些与反对布罗迪小姐的阴谋有关的消息之上,在此过程中女孩们逐渐失去各自独立的个性,而布罗迪小姐则越来越强势地掌握了讨论的话语权。男孩们慢慢淡出，而女孩们仍然被当作独立的个体被提及："桑迪用她那双紧紧眯起的小眼睛注视着莫妮卡的红鼻子……"，珍妮试图独立行动，但却无果而终。于是，在布罗迪小姐自说自话了几句话之后，女孩们又一次成为了"布罗迪帮"。她们谈到有人阴谋赶走布罗迪小姐，并且布罗迪小姐显露出"微黑的罗马人式的侧影"，正是在这个过程中，罗斯被提及，她"颇具女性魅力"，但是这并不能使其个性得到凸显——相反，罗斯的"名声"只不过是（又一次）她成为布罗迪帮一员的入场券。在这一部分的结束，女孩们都被泛化为"大家"了，当面对布罗迪小姐大声宣布她仍然处于青春岁月，骑士时代已经过去的时候，她们只能异口同声地表示赞同。作者穆丽尔·斯帕克又一次通过描写看似随意的对话，实际上表现的是布罗迪小姐的本性，以及她与女孩们之间的关系。本书的开头部分就是围绕这两方面展开的，作者的意图在于传达一种深刻的感觉，即老师自己暗示她在女孩们的生活中起着支配的作用。

如果说小说的开头意在表明师生关系是作品的

核心主题,那么结尾部分则更为有效和准确地对这一主题进行了归纳。当桑迪突然发现布罗迪小姐对乔伊斯·艾米丽·哈蒙德的影响,而后者决定去往西班牙之后,小说叙述的重点便开始转向背叛的场景。作者在这方面的处理尤为细致(表面看起来似乎是有意淡化其作为小说高潮的自然趋势,但是作者穆丽尔·斯帕克是想通过减少叙述篇幅的方式,来保持常用叙述手法的力度),一直到桑迪离开爱丁堡为止——这些信息都清楚地表明桑迪自己生命的后半生以及故事本身的结尾。小说最后几页的其他部分很明显是尾声,始于简·布罗迪小姐被迫退休的相关情况。

在最后几段中,布罗迪小姐似乎在经历逐渐被淡化的过程,这一过程与当初她在小说中出场的情形相去甚远。作者用了整整三段话的直接引语(第125—126页),这似乎表明她作为一个个体依然至关重要——但是以上不过是对直接话语的想象,因为它不过是给桑迪的一封信,她们之间的"对话"也只是书面往来,而非面对面的交流。于是,布罗迪小姐的形象开始消退,只存在于书信中、他人的表述中,以及桑迪的记忆中。她的信件似乎主要是在讲述"布罗迪帮",但是到目前为止,我们读者对女孩们各自特点有了深刻的印象,她们不再归属于一个简单的团体,因此作为团队核心的布罗迪小姐越来越像是生活在过去。她对女孩们的看法也越来越不合时宜,这一点可以通过比较她对女孩们的疑心(更不用说她错误地相信桑迪没有背叛她),以及珍妮、尤妮丝和莫妮卡等人在下一页中表现出的各种深浅不一的尊重程度得以看出。上述三人通过各自不同的记忆和信息,都传达出尽管布罗迪小姐一直都存在于她们的记忆和情感中,但是她属于过去、已经离去的感觉。不过,通过这些只言片语的对话,桑迪一下子异军突起,最终成为主宰:她与其他三人截然不同,因为她了解背叛者的身份,并且对这位已经去世的布罗迪小姐带有难以言喻的强烈情感,是她破坏了后者的一生。这一幕出现在小说的结束(也就是桑迪和那位"爱追根究底的年轻人"之间的对话),一直到最后一句那最为出色的经典之语,"桑迪说:'有过一位正值青春年华的简·布罗迪小姐。'"乍一看,简·布罗迪小姐是最终的重点,

桑迪·斯特兰杰和布罗迪帮

但是仔细思考之后,我们认为小说的重点是桑迪意识到简·布罗迪小姐在她的生活中的中心地位。这两点可以通过一句简单明了但极具说服力的话加以概括:桑迪对布罗迪小姐的感受才是本书唯一统一的主题。

布罗迪帮的世界

对于读者而言,能够见识简·布罗迪小姐这样一个人物并非是产生阅读乐趣的唯一原因,当然这也许是一个主要原因。然而,在本书带来的阅读乐趣中,还有一点就是对那些涉世未深、充满活力的女孩们内心生活的描写。当然,本书的阅读乐趣很大一部分取决于,我们以世故和圆滑的视角来看待那些缺乏阅历,(有时)还会犯下令人捧腹的错误的女学生们:其中在第二章,她们对于两性关系现实的理解便是再清楚不过的例证。另外,当桑迪穿过爱丁堡老城区时,她遇到了一些事情,这也让她感到担心和害怕:在一些我们普通读者见怪不怪的事情上,她显得小心翼翼、毫无经验。大部分的现代读者都认为,我们对于世界的认识要远远超过这些女孩们,她们初涉人世、不谙世事,并且试图去理解眼前的成人世界。

然而,如果我们在女孩们面前有一定的优越感的话,难道我们不会也觉得女孩们的思想和情感在穆丽尔·斯帕克的描写下显得栩栩如生吗?有一点有助于我们组织和形成对本书的感受,那就是它与那些更古老、更传统的关于校园生活的书有很大不同。通常情况下,所谓的"校园故事"大多关注一群居住在寄宿学校的男孩或是女孩们,这些故事描写的基本上是各种各样奇怪的"冒险"经历,比如无恶不作的同学、不受欢迎的教师,或是混迹于街头巷尾的小罪犯,抑或是(如果小说以战争为背景的话)无能的德国间谍。换句话说,这样的故事基本上都是编造出来的,其背景被设定在一个几乎没有现实生活中的问题和情感的虚假世界中。而如果这些故事一如往常地发生在寄宿学校时,它们就似乎发生在一个完全按照自己的规则运转的世界里,这个与世隔绝的世界与普通人的日常生活毫无共同之处。尤其是,传统的校园故事绝不会表述这样的场景，"在后来的几年里，性只是生活中许许多多事件中的一件，而那一年性就是一切"（第44页），更不用说让一个女孩子谈论关于发现性的话题，"我觉得我已经过了那个时候！"（第80页）穆丽尔·斯帕克这本书的新颖性很大程度上来自我们读者的下意识感受，即该小说对主题的处理极为不合陈规，与业已形成的小说传统相去甚远。

女孩们在玛西亚·布莱恩女子学校的生活环境与其他小说中的女子学校完全不同，女孩们关心的重点也跟校园小说中通常的女学生不一样。当然，这一点可以归咎于一位不同寻常教师的行为所致。我们完全可以认为，像麦凯小姐、洛克哈特小姐等人的形象都可以在通常的校园小说中找到：在安全无虞和因循守旧方面，她们可以说是完全融入其中。（的确，玛西亚·布莱恩女子学校拥有完善的教学设备，并且打算向学生们灌输团队精神，它就是想成为这种类型的学校。）但是，另一方面布罗迪小姐的确给予了女孩们一些离经叛道的知识信息（比如说道德重整运动的信徒、阿兰·亚历山大·米尔恩①在伦敦寓所的室内陈设等)。

然而,我们并不认为女孩们对生活的好奇和了解都是来自布罗迪小姐,实际上在描写布罗迪小姐课堂教学的许多场景中,我们感到女孩们和读者正在观看一个女人的奇怪表演,她的观点仅能说服她自己。女孩们只是被动地适应课堂,亦步亦趋地做出反应:

"……谨慎从事是……,谨慎从事是……桑迪?"

"是勇气的重要部分,布罗迪小姐。"(第47页)

布罗迪小姐对女孩们的影响并不真正取决于她在课堂上所灌输的信息,而是来自她这个人。然而即便如此,我们也不会认为布罗迪小姐的影响是决定女

---

① 阿兰·亚历山大·米尔恩(A. A. Milne, 1882—1956):英国作家,他曾以"小熊维尼"为主题创作了一系列家喻户晓的故事书。

桑迪·斯特兰杰和布罗迪帮

孩们成长的唯一(或者甚至是主要的)因素。因为这本书与通常的校园小说真正的不同并不在于简·布罗迪小姐(即使是最正统的校园小说中也偶尔会出现举止怪异的教师),而是在于描写女孩们自己的所思所忧——这些忧思本质上来自于她们的青春期性格,而不是由某位老师所强加。

桑迪·斯特兰杰的奇怪之处

如果说全体"布罗迪帮"看起来显得奇怪的话,那么桑迪尤其如此。尽管她们没有一个真正意义上的领袖(这也是本书和其他典型的校园学生的一个不同之处),桑迪总是牢牢地居于中心位置,特别是布罗迪小姐对她青睐有加,总是把她当作贴己的人。她是"布罗迪帮"领袖的不二人选,但是与传统校园小说中的类似形象相比,她有很大的不同:在传统小说中,群体领袖具有鲜明的性格特点,他们一般兼具组织管理者和军队军官的双重性质。而桑迪没有上述明显的性格特点:她紧紧因为擅长发元音而"著称",但却以

"那双小得几乎眯成了缝儿的眼睛"而"出名儿"(第 7 页)。这些都是使她在外表上与众不同的方面;另外一点就是她那略显奇怪的名字①。人们不仅感到疑惑,作者穆丽尔·斯帕克为何要赋予桑迪这些十分独特的性格。

本书一如既往地没有为上述问题提供显而易见的答案,也没有就其引发的其他问题进行回答。不过,我们也许可以如是说:桑迪的姓氏既可能表明某人很"奇怪"(神经质),也可能表明她很"隔阂"(隔离,疏远)。不过,这并不是说在本书的大部分内容中,她的行为或个性都是如此——例如,在学校里她与每一个人都相处得很好,也很正常——但是我们也许可以认为,她的姓氏暗示她在晚年会显露出出乎意料的坚强与特立独行的个性:背叛了布罗迪小姐,进而进入了与世隔绝的修道院。这两件事都需要勇气才能抛弃。背叛布罗迪小姐意味着她不但要抛弃她的良师密友,而且还有她在学校的过往,以及(从某种程度上

---

① 斯特兰杰的英语是 Strange,意为"奇怪的、陌生的"。

桑迪·斯特兰杰和布罗迪帮

而言)在校期间对团队的忠诚感。至于进入修道院则意味着她抛弃了整个世界,她与大部分过去的生活隔离开来,与书中其他角色相比,她成了"陌生人"(也就是更加神秘、更加引发人们的好奇心)。她完全与肤浅易懂、耳熟能详等特点背道而驰。

"桑迪"这个名字也让人颇费思量。我想,作者选择这个名字的原因是毫无疑问,它与其他任何一个女孩的名字相比(莫妮卡、罗斯、珍妮、尤妮丝和玛丽等)都显得难以预料。仔细思考一下,这似乎可以证明,桑迪的姓氏和她在下文中的行为都更为直接地暗示出她与世隔绝的可能性,对于一个与其他女孩子相比显得格格不入的女孩而言,这应该比较合理:这个性别模糊的名字让人认为,和她在一起多少会感到不自在。除此之外,我们也许会觉得"桑迪"暗示某种索然无味的性格,这与她背叛简·布罗迪小姐时的那种毫无人情味相吻合——也和她最终选择死气沉沉、让人失望的生活相一致。不过,这些仅仅是各种可能性。

她那双小眼睛让她出了名(至于前文提到的她善于发长元音的特点在我们读者心中倒在其次了),也引起了人们对她强烈的观察力的注意——同时也暗示她在观察中表现出的洞察力和分析力。(小并且眯成了一条缝的眼睛表明目光集中、有穿透力和洞察力,而大眼睛则暗示着宽泛、包容一切,但缺乏思考。)不过,与此相矛盾的是,在桑迪那小小的眼睛里,也有可能显示出目光短浅,或是极其狭隘的意思。如果如此的话,这可能是作者对她的所作所为做出的判断。桑迪的眼睛表露出的这个细节表明,作者在向读者发出一个强烈的信号。从某种意义上说,它们与故事无关——她的眼睛小这一事实在小说情节中没有任何作用,也无法使她的性格扭曲,因为她很清楚自己的外表。这一细节与西部片中的好人戴白帽,坏人则戴黑帽的手法如出一辙:它是除了展现人物动作之外,去传达人物信息的一个手法。然而,戴什么帽子的手法简单浅显,而桑迪的名字和她那双奇怪的眼睛的含义倒显得更加微妙,难以捉摸。

白日梦、故事和真相

想象我们周围的世界

如果穆丽尔·斯帕克小说的主要内容是讲述桑迪与简·布罗迪小姐之间关系的发展变化,她就必须将这种变化融入桑迪和她的朋友们成长的过程中去。斯帕克应该从小学开始来展现她笔下的女孩们,从她们初次关注各种各样成年人的烦恼,一直到她们作为高中女生准备好迎接成人世界的到来。这种变化发展倒不在于学业方面(这是理所当然),而是在于她们日益增长的理解力,包括对爱情和两性,以及她们运用不断提高的理解力来解释成人世界的能力。与大多数主流作家一样,斯帕克十分擅长刻画人物的内心生活。(能否以令人信服、妙趣横生的方式,而非简单毫无悬念的方式做到这一点,是杰出作家和普通作家之间的一个区别。)她能够赋予笔下的人物以思想和情感,使她们成为栩栩如生的个体,这是外在的行为力有不逮之处。只有通过进入人物的内心世界,我们才能真正地理解她们。斯帕克善于让读者相信她的小说人物都极具个性,即便如此,当我们停下来思考时,我们会发现自己对人物的所作所为依然充满疑惑。

为了使我们读者深入其中一位主人公的内心世界,斯帕克运用的最为显著的方式是对桑迪做白日梦的几个片段描写。我们对生活都有着各种幻想:这种看似随意、转瞬即逝的幻想存在于我们的内心深处,是最为私密的个人空间。它们同样也是我们日常生活方方面面的真实写照,不容易出现在小说中(就好像如厕这类事情!)。不过,在这本小说中,斯帕克大量地运用了这方面的描写,我想,她这样做是有原因的。其一是为了展现桑迪从童年到青少年的成长:她的幻想通常是依据自己的阅读内容,同样也反映出她自身的性本能。随着年龄的增长,她阅读的文章变得

白日梦、故事和真相

更加成熟,性幻想也不再狂热,而是越来越微妙。因此,在爱丁堡老城的散步活动中(第29—30页),桑迪即兴想象出了自己和罗伯特·路易斯·史蒂文森的作品《诱拐》(Kidnapped)①中的主人公艾伦·布雷克(Alan Breck)之间的交谈,这本书有时候会(错误地)被当作只是儿童读物。然而,一年之后,桑迪更明显地变得成人化了,她将自己想象成夏洛特·勃朗特的《简·爱》中的主人公,与文中那位有着深邃而微妙魅力的男主人公罗切斯特先生演对手戏。

"您怕我,桑迪小姐。"

"您说话就像斯芬克斯②,先生,但是我不

---

① 英国十九世纪著名作家罗伯特·路易斯·史蒂文森的作品,以自传体的方式讲述了一个苏格兰少年戴维的惊险遭遇。戴维因家族遗产而求助于叔父,却被叔父诱拐到船上运往海外当奴隶。他在船上巧遇流亡者艾伦,后结伴逃亡至苏格兰高地的荒郊野外。最终在朋友的帮助下,戴维从叔父手中夺回了遗产。本书充满了浓郁的苏格兰风情,被誉为史蒂文森"最好的小说"之一。

② 古埃及和古希腊神话中长翅膀的怪物。

害怕。"

"您的性格这样严肃,举止这样文静,桑迪小姐——您要?"

"时钟已经敲响九点了,先生。"(第58页)

在上述两次幻想中,桑迪都将自己与一个强大无比,富有魅力的男性人物性格相对,她既屈从于后者,但也为后者所需要。然而经过了一年的时光,史蒂文森式的冒险幻想逐渐退化,取而代之的是不再强调人物的外在活动(在石楠花间并没有太多的奔跑逃离),而是更加注重内心的强烈感受。

上述篇章并没有强调桑迪(同我们所有人一样)看起来比外表显得更复杂这一事实,而是十分准确地告诉我们她的内心深处的真实感受。桑迪的两次幻想体现出强烈的两性情感:她似乎十分渴望与自己魂牵梦绕的人建立起一种亲密而特殊的关系。桑迪的幻想中总是会有一个与生俱来就本领高强、能力出众的人物:她于是在其中扮演了一位大家耳熟能详的女性角色。另一方面,那位能力出众的男性都无一例外地至少是暂时依赖她(艾伦·布雷克总是需要桑迪来传递信息;罗切斯特先生则在竭力引诱沉着自信的桑迪说话:似乎桑迪才是掌控一切的人)。

这些文学中的心理游戏归属于一个宏大的角色扮演和故事创作的模式,在这本小说中显得尤为突出。桑迪刻意模仿浪漫主义小说的行为,只是她把自己在生活中遇到的点点滴滴串联起来,将它们编织成看似合理但却人工雕琢痕迹明显的形式。这些幻想总是与她不断发展的性观念紧密相连,这一点可以从后面一个更细致的幻想中得到证明,其中就牵涉到安·格雷警官。当时,桑迪对这位女警官产生了深深的迷恋,这似乎表明她开始经历一个短暂的同性恋阶段。

不过,从生活中去找到固定模式的习惯并非桑迪所独有。对于女孩们来说,这些故事和白日梦都是她们面对成人生活,尤其是她们的父母和老师时的间接反映(因此也就无伤大雅)。当然,她们有时也会直接地想象那些大人们之间的事情,这总是显得有些滑稽,比如桑迪和珍妮就曾试图想象泰迪·劳埃德让他的妻子怀孕时的情景(第17页)。她们关注的是这位美术老师的婚姻,而不是她们自己父母亲之间的性行为,这是理所当然的,因为她们难以应对。可是即便是在谈论劳埃德夫妇的时候,她们也只能笑得前仰后合,耽于更抽象的猜测之中。在某种程度上来说,这部小说的整个故事情节是关于桑迪不断努力证实她的心理认识,也就是简·布罗迪小姐有一个连想象都无法实现的性生活。"简直想象不出布罗迪小姐和劳瑟先生睡觉,根本不可能想象出她有什么两性关系,而且也不可能去怀疑这类事情会如此"(第61页)。桑迪天资聪颖,比其他女孩更加有想象力。因此,当简·布罗迪小姐在课堂上讲述她自己的感情生活时,桑迪显得始料未及,这也就是她的人生困境。

编故事和讲故事

由于女孩们不断被动地去了解身边成年人的现

白日梦、故事和真相

实生活(尤其是她们的老师),于是桑迪和珍妮以布罗迪小姐逝去的爱为依据来展开小说创作(第18—19页)。让人感到十分吃惊的是,它与人物的现实生活之间的关系实在是太少了:只是女孩们浪漫幻想的片段——混合着罗伯特·路易斯·史蒂文森、拜伦爵士和苏格兰历史中色彩斑斓的场景(例如凯瑟琳·道格拉斯拯救詹姆斯一世的英勇行为,她将自己的手臂当作门闩来阻挡暗杀者①)。穆丽尔·斯帕克驾驭材料的手法十分高明:"在一切我奉为神明的面前……","我很清楚,那个女孩珍妮……","她那双大大的蓝眼睛闪着恳求的光。"

从另一方面也可以说是桑迪在娴熟地运用这种

---

① 凯瑟琳·道格拉斯(Catherine Douglas):苏格兰王后的侍女。1473年2月20日,罗伯特·格雷厄姆爵士率领一群士兵,趁国王詹姆斯一世在珀斯郡停留期间意图将他杀死。仓皇之间,詹姆斯一世躲进了下水道,此时国王的管家已经偷偷将其榻的房间的门闩取下。情急之下,凯瑟琳·道格拉斯将自己的手臂插入门闩中来阻挡敌人。可是叛乱者依然强行打破大门,凯瑟琳的手臂被折断,国王最终被杀。凯瑟琳·道格拉斯在历史上也被称为"门闩姑娘凯特"。

风格：她写的要比珍妮写的好得多。实际上，我们很快就会意识到桑迪的生活充满活力、丰富多彩，作者斯帕克有意挑选了桑迪的这一特点作为其本性中的关键因素来描写。当时，桑迪还不能够区分自己的主观想象力和恰当的语言表达力，她的主要能力在于为自己幻想出的人物赋予合适的语言。因此，随着她的成长，桑迪讲故事的天赋和遣词造句的能力也就逐渐显现出来。

当然，她有一个好老师。桑迪和简·布罗迪的相似之处有一点在于，她们心中都怀有将现实生活与想象的生活混淆在一起的倾向。桑迪在听到布罗迪小姐谈论她的未婚夫休遇害的时候，也注意到了这一点：

> 这是女孩们第一次听说休的艺术造诣。桑迪对这有些疑惑不解，就与珍妮商量，两个人都认为布罗迪小姐是在编一个新的爱情故事，套在旧的上面。……桑迪对这种用事实创造形式的方法着了迷……（第72页）

白日梦、故事和真相

小说的两位主人公都是故事的讲述者,或者说是(换言之)小说的作者。而小说都是虚构的,只不过是用若干事实来组成各种套路——这也是斯帕克本人一直以来孜孜不倦,勤于笔耕的原因。看起来,她似乎对于现实生活和抽象模式之间的对比已是了然于胸。这一点在女孩们上泰迪·劳埃德的美术课时有十分明显的体现,当时她们在欣赏波提切利的《春》①,并且不停地发出咯咯咯的笑声(第 49—50 页)。女孩们对于画中的女性人物身着透明的衣裳,以至于显露出臀部有些反应过度,而在劳埃德和简·布罗迪小姐看来,这些不过是些抽象的线条和图案样式而已。接下来,在欣赏《母与子》②的画作时,两位老师继续以一种超越人情的视角来评论。劳埃德讨论了"画家用自己的画笔怎样作画",他那客观冷峻的腔调让女孩们倍感吃惊,因为她们都认为劳埃德先生至少会带着虔敬的语气来探讨这样一个神圣的主题。在这个场合中,

---

① 《春》是意大利画家桑德罗·波提切利于 1482 年创作的一幅画,描绘了春天花园中的一群神话人物。

② 此处指圣母玛利亚及其子的肖像,历代画家多以此为素材创作绘画。

咯咯笑的女孩们也许并非是像老师们想象的那样幼稚无知:她们的反应完全是人之常情,与老师欣赏艺术品时的冷漠、淡定形成了鲜明的对比。由此可以看出,斯帕克认为艺术固然包含(并且需要)形式和技巧,但是它所描写的人类情感也一样十分重要。

不过,简·布罗迪对上述观点却并不苟同。当她在描述自己去世的未婚夫休的时候,她变得越来越关注形式上的美,而非去讲述事实。即便是她第一次提及休的时候,她的言语中都包含有大量的陈词滥调,让我们读者不禁心生疑问,她的话到底有多少是真的。这也许部分是因为她将休的离去描述成"像秋之落叶",以及将他比喻成森林中的花朵(显然这一比喻来自简·艾略特创作的一首著名的哀歌,它歌颂了在1513年的弗洛登山战役①中阵亡的苏格兰士兵)。同

---

① 弗洛登山战役(Battle of Flodden):1513 年 8 月 22 日,苏格兰国王詹姆斯四世亲率三万大军进入英格兰,英格兰将领萨里伯爵霍华德率军迎战。双方在诺森伯兰郡布兰克斯顿附近的弗洛登山展开决战,最终苏格兰军队溃败,包括詹姆斯四世及诸多王公贵族和士兵在内约一万多人战死。

样让人颇有疑惑的是,她将休描述成一个穷人,来自艾尔郡(Ayrshire),是一个"工作努力的聪明学者":听起来就像是苏格兰方言中的"有才华的人"的形象,他们出身卑微(通常来自乡下),凭借个人才能脱颖而出——在本世纪之交的一些流行小说中,他们的结局一般都很悲惨,英年早逝。更准确地说,休看起来有点像彭斯①——但是同时他也有一点像那位伟大的战争诗人威尔弗雷德·欧文②,这位诗人在佛兰德地区的战争中遇难"在停战前的一周"(第12页)。就在如此早的时间段,简·布罗迪依然自如地将现实渲染成一种优美的形式——不过我们也不能完全确认。

---

① 罗伯特·彭斯(Robert Burns,1759—1796):苏格兰著名的农民诗人,他的诗歌主要歌颂了苏格兰农村的风光和淳朴的劳动者的情感。彭斯的代表作有《一朵红红的玫瑰》《友谊地久天长》等。

② 威尔弗雷德·欧文(Wilfred Owen,1893—1918):一战期间英国著名的战争诗人,他的诗歌以反战为主题,通过细节描写和画面呈现,将战争的残酷展现得淋漓尽致。欧文的代表作有《为国捐躯》《奇怪的相遇》等。

相信想象是否安全无虞？

那么,斯帕克本人对于这种将现实转化为形式的态度如何呢?令人遗憾的是,我又一次看到了作者对此保持缄默,她只是将诸多"事实"摆在我们面前。不过,我们也许可以从小说的整体模式中窥之一二。当桑迪最终进入修道院,她在回答问题和发表评论的时候显得注重事实并且惜字如金,这与书中大量出现的活泼好动、喋喋不休的女学生的形象相去甚远。这个桑迪并没有被作者赋予想象力:她所说的仅限于她所知道的和坚信的事实,并且言之甚少。那位"向她咨询的年轻人"显得十分健谈:他的评论十分充分自如并且直截了当,然而桑迪的言语则显得十分简洁,有时还有些让人困惑(第33—35页)。小说结尾出现的桑迪一直都是谨言慎思:她不再在言语上去讨论生活的真相,因为(我们这样认为)内心的信仰已经为她找到了确凿的答案。最终,她只在极为严格的前提条件下才去谈论人类以及他们的行为——也就是当她在

白日梦、故事和真相

撰写晦涩难懂的学术著作和面对拜访者的纠缠之时。她是一个严格恪守真理的人,她的眼中也只有真理;但在以前,她也曾杜撰故事(也可以说是在撒谎),以此作为讲述真理的变通之法。身处修道院的桑迪从不越雷池一步,因此也拥有巨大的权威,尽管显得高高在上;而往日的桑迪更有人情味和愉悦感。穆丽尔·斯帕克似乎对这两个不同的形象都没有表示明确的青睐;不过,很明显她们都各有其位。

晚年的桑迪严格坚持现实性,以前的所作所为不过是游戏一场。这一特点也同样适用于关键时刻中的布罗迪小姐:

布罗迪小姐对桑迪说:"从你对我说的事来看,我原以为罗斯和泰迪·劳埃德很快会成为情人。"桑迪猛然意识到,这并不是全部的看法,而是布罗迪小姐的一个计谋。生活中有那么多骗人的话和计谋策划,用这种方式就像人们放鸽子一般,到处散布的对一场战争前途的看法以及其他理论一样;而且有人说:"是的,当然,这是不可

> 避免的。"但这不是理论;布罗迪小姐就是这个意思。桑迪看了看她,并且察觉到这个女人总是想让罗斯与自己心爱的男人睡觉,她为这件事似乎着了魔;这个想法没有什么新鲜的,但是这个现实情况倒是新的。(第119页)

随着桑迪逐渐明白布罗迪小姐带领女孩们去做的所谓"支持法西斯主义"和"让女孩们投身到伟大的事业中去"等游戏的实质,她知道这一切都是导致乔伊斯·艾米丽·哈蒙德悲剧的元凶。这是一个转折点,她看清了自己老师的本质,(之后的时间表明)她也对生活本身有了深刻的了解。她认识到了隐藏在游戏幻想之中的危险,因为这些幻想以一种寓教于乐的方式帮助女孩们去理解人生经历。其危险之处在于它可能混淆幻想世界与现实生活之间的界限,也就是假戏真做。桑迪最后关头的领悟使她远离了耽于幻想的危险——她的内心出现了一个可怕的警告,认为简·布罗迪小姐就是始作俑者。因为布罗迪小姐不仅从她自己的过往生活,而且还有女学生们的现在和

白日梦、故事和真相

未来的生活之中,去打造那些看似甜美的生活方式(丝毫不顾道德和人性方面的考量),可以说这是一切灾难的来源。

不过穆丽尔·斯帕克似乎比桑迪更加信赖白日梦般的幻想,她十分清楚小说本质上是虚构的,但是她丝毫不排斥这一点。她知道,谎言和现实之间的联系过于复杂,远非桑迪想的那样。下文就是斯帕克在一次采访中的所言:

> 我并没有说我的小说都是真实的——我认为它们都是小说,某种真相会从其中显现。我在心中坚信,我之所以创作小说就是因为我对真相——绝对的真相——充满兴趣。我并不掩饰我的写作不仅仅是对真相的延伸想象……。我所写的并非真实——是谎言的堆砌……。但是只要将它们以小说的形式呈现出来,那么就不能认为作家是撒谎者。

桑迪最终不再相信谎言编织的各种套路和想象:她已

经清楚了,正是因为没有区分自己心中的想象和"真相",简·布罗迪小姐才会变得这么危险。但是作者穆丽尔·斯帕克在写这本小说和其他小说时向读者表明:她可以一方面沉湎于幻想,另一方面又能够准确地感知我们周围的世界。的确,这也许是因为它们原本就是一枚硬币的两面。

精选参考书目

书

Alan Bold, *Muriel Spark* (1986)

Peter Kemp, *Muriel Spark* (1974)

Alan Massie, *Muriel Spark* (1979)

Norman Page, *Muriel Spark* (1990)

Ruth Whittaker, *The Faith and Fiction of Muriel Spark* (1982)

其他

Bernard Harrison, 'Muriel Spark and Jane Austen' in *The Modern English Novel: The Reader, the Writer and the Work*, edited by Gabriel Josipivici (1976).

Francis Russell Hart, 'Kennaway, Spark, and After' in *The Scottish Novel: A Critical Survey* (1978).

Frank Kermode, 'Muriel Spark' in *Modern Essay*(1971, 1990).

Frank Kermode, 'The House of Fiction' in *The Novel Today: Contemporary Writers on Modern Fiction*, edited by Malcolm Bradbury(1977).

David Lodge, 'The Uses and Abuses of Omniscience: Method and Meaning in Muriel Spark's *The Prime of Miss Jean Brodie*' in *The Novelist at the Crossroads*(1971, 1986).

Isobel Murray & Bob Tait, 'Muriel Spark: *The Prime of Miss Jean Brodie*' in *Ten Modern Scottish Novels*(1984).

Valerie Shaw, 'Muriel Spark' in *The History of Scottish Literature*, vol 4, *Twentieth Century* (1987).

Muriel Spark, 'My Conversion', in *Twentieth*

Century, CLXX(Autumn 1961).

Muriel Spark,'What Images Return', in *Memoirs of a Modern Scotland*, edited by Karl Miller(1970).

本书读者必定知道,1969年,发行了一部令人愉悦、广受好评的电影《布罗迪小姐的青春》。然而,作为本小说的舞台版本的改编,电影虽然捕捉到了作家主要人物塑造的某些特点,但不可避免的是,电影既曲解了原著的情节,也没有揭示出原著中至关重要的写作手法。

译后记

作为现代苏格兰作家的代表之一,穆丽尔·斯帕克在世界文坛享有盛誉,其作品风格独特,一方面真实的历史人物和事件反复出现,另一方面虚构的角色和场景穿插其中,实现了现实性与虚构性的完美结合,给读者带来了一场阅读的盛宴。

《布罗迪小姐的青春》是斯帕克的代表作。该书甫一出版便成为文学评论界关注的重点,尤其是苏格兰文学的研究者和爱好者,他们对这部作品的热情经久不衰。其原因一方面在于该作品带有作者本人的经历与情感表达,另一方面也是其独特的写作手法使然。斯帕克在写作中善于将看似凌乱无序的事件交织在一起,使得读者在阅读中仿佛置身于各种不同的场景，面对形形色色的人物，一时间难以理清头绪，大有雾里看花之意味。但是如果认真研读就会发现，斯帕克的情节和人物设计实际上蕴含着复杂巧妙的构思，具有明显的指涉性。为了帮助读者更好地了解这部作品，苏格兰文学研究专家大卫·S.罗布撰写了该导读。导读从斯帕克的生平谈起，分析了其作品的风格特点，继而以《布罗迪小姐的青春》为研究对象，详细解读了作品中叙事的时间背景、人物性格以及宗教溯源等。其中关于人物桑迪·斯特兰杰的笔墨较多，既有其成长的轨迹，也有其心灵的历程。由于斯帕克本人曾经经历过宗教信仰的改变，她在作品中也将此作为重点进行渲染，具有十分主观的情感色彩。导读在分析人物之时也不可避免地涉及这一话题，只是宗教信仰因人而异，西方有着悠久的宗教传统，其间也充斥着各种教派之间的口诛笔伐、相互攻讦。对于中国的读者而言，在阅读此文时应该抱有正确的观念，坚持无神论的唯物主义思想，方能辨伪存真，抓住问题的本质。

该导读的翻译牵涉到大量苏格兰历史、文化、语言以及风土人情,译者在参阅学术界已有研究成果的基础上,力图准确地展现作者本人的思想和意图,但难免有挂一漏万之处,还请方家指正。

汪 凯
2020 年 7 月

Originally published by The Association for Scottish Literary Studies (ASLS)
Simplified Chinese Edition Copyright © 2020 by NJUP
All rights reserved.

江苏省版权局著作权合同登记　图字:10-2020-156号

图书在版编目(CIP)数据

小说大师穆丽尔·斯帕克 /(英)大卫·S.罗布著;汪凯译. —南京:南京大学出版社,2020.8
(苏格兰文学经典导读 / 吕洪灵主编)
书名原文:Muriel Spark's The Prime of Miss Jean Brodie
ISBN 978-7-305-22920-6

Ⅰ.①小… Ⅱ.①大… ②汪… Ⅲ.①穆丽尔·斯帕克-小说研究 Ⅳ.①I561.074

中国版本图书馆 CIP 数据核字(2020)第 127348 号

出版发行	南京大学出版社	
社　　址	南京市汉口路 22 号	邮　编 210093
出 版 人	金鑫荣	
丛 书 名	苏格兰文学经典导读	
主　　编	吕洪灵	
书　　名	**小说大师穆丽尔·斯帕克**	
著　　者	[英]大卫·S.罗布	
译　　者	汪　凯	
责任编辑	董　颖	
助理编辑	李小平	
照　　排	南京紫藤制版印务中心	
印　　刷	盐城市华光印刷厂	
开　　本	787×1092　1/32　印张 4.375　字数 61 千	
版　　次	2020 年 8 月第 1 版　2020 年 8 月第 1 次印刷	
ISBN	978-7-305-22920-6	
定　　价	30.00 元	
网　　址	http://www.njupco.com	
官方微博	http://weibo.com/njupco	
官方微信	njupress	
销售咨询	(025)83594756	

* 版权所有,侵权必究
* 凡购买南大版图书,如有印装质量问题,请与所购图书销售部门联系调换